KARANLIKTAKİ SOLUK

SAVAŞ, SON VEREMEDİĞİ HAYATLARI BİR UÇURUMA SÜRÜKLER.

BU UÇURUMDAN DÖNMEK, KADERE KARŞI DURMAK DEMEKTİR.

Irina Andreeva

KARANLIKTAKİ SOLUK
IRINA ANDREEVA

Yazarı (Author): İrina ANDREEVA
(Georgian & Russian & Turkish Novelist & Author)

Sayfa Düzeni ve Grafik Tasarım: E-Kitap PROJESİ
Editorial & Kapak Tasarım: © E-Kitap PROJESİ
Yayıncı (Publisher):   E-KİTAP PROJESİ
   http://www.ekitaprojesi.com,   MURAT UKRAY

Yayıncı Sertifika No: 45502
Baskı (Print): INGRAM INC.
İstanbul, Şubat 2025
ISBN: 978-625-387-082-9
E-ISBN: 978-625-387-081-2

İletişim ve İsteme Adresi:
E-Posta (e-mail): irina_andreeva09@hotmail.com

İNSTAGRAM: www.instagram.com/irinaandreeva.official

Cevap ve yorumlarınız için:
{For reply and your Comments}
http://www.ekitaprojesi.com/books/atesle-dans
www.facebook.com/EKitapProjesi

© Bu eserin basım ve yayın hakları yazarın kendisine aittir. Fikir ve Sanat Eserleri Yasası gereğince, izinsiz kısmen ya da tamamen çoğaltılıp yayınlanamaz. Kaynak gösterilerek kısa alıntı yapılabilir.

Yazar Hakkında

İrina Andreeva, 1970 senesinde Gürcistan'ın Dedoplisckaro kasabasında fakir bir ailede dünyaya geldi. 1992 senesinde Tiflis'te meslek yüksekokulunu bitirdi ve o senelerde güçlü bir bağımsızlık hareketiyle sarsılan memleketini terk ederek, hayatını kazanmak için annesinin memleketi olan Rusya'ya yerleşti. "Hayat dipsiz bir kuyu", sözünü sık sık dile getiren yazar, şimdilerde yaşamını Türkiye'de, iki oğlu ve eşiyle sürdürmekte.

Kitapları:

1. ATEŞLE DANS. (Basılmış kitap)
2. KARANLIKTAKİ SOLUK. (Basılmış kitap)
3. ŞÜPHELİ ÖLÜM. (Basılmış kitap)
4. KEMİKTEN YAPBOZ (Basılmış kitap)
5. KANLI NOTALAR (Basılmış kitap)
6. VE DİĞER KİTAPLAR (Basıma hazırlanıyor..)

Kendime bir pencere açtım, oradan annemin ayak izlerini takip ediyorum. Onun insanlığına hayranım.

Kızı olmaktansa gurur duyuyorum.

Bu kitabı anneme ve annem gibi tozlu yollarda yürüyen ülkemin insanlarına ithaf ediyorum.

GİRİŞ

2010 yılının ıslak, soğuk bir şubat gecesinde, yine bu soğuk hapishanede kendimle nöbetteyim. Sağa sola dönmekten, bitmeyen ağrılar çekmekten yorgunum. Koğuş her zamanki gibi soğuk, rutubetli ve karanlık. İnsanın burnunun direğini sızlatan ağır koku ve karanlık içimize sinmiş; hiç çıkmayacak, hiç gitmeyecekmiş gibi hissediyorum. İçerden bazı mahkumların inlemeleri duyuluyor. Kimi görünmez şeytanlarla kavgaya tutuşur gibi kendi kendine sinirle mırıldanıyor, kimi bağıra çağıra küfrediyor. İnsan burada delirebilir, ama delirmiyoruz. Bizi koruyan, direnmemizi sağlayan gizli bir güç var sanki. Sıkıntıyla iç geçiriyorum, tek yapabildiğim bu. Bugün kalbimde her zamankinden bin kat daha fazla acı var, ama dayanıyorum; hapishane bana bunu öğretti. Yüreğim dayanılmaz bir ıstıraba sürükleniyor. Bir mucize, değilse bile birinden gelecek bir teselli bekliyorum ama çevreme bakınca tek gördüğüm çaresizlik ve kocaman bir boşluk.

İçeriye sızan loş ışıkta gri duvarlar, kirli, kahverengi battaniyeler, boyaları aşınmış demir ranzalar gözüme daha farklı görünüyor. Mahkumlar sinirli, gergin ve yalnızlar. Dediğim gibi delirmek üzereler ama delirmiyorlar, çünkü nefret içlerinde bir kasırgaya dönüşmüş ve onları ayakta tutuyor, tıpkı benim gibi. İçimde dünyadan bile ağır bir yük taşıyorum.

Beynimde sürekli bir uğultu ve susmayan sesler var. Ellerimle boğazımı kavrıyorum ama sıkamıyorum. Bir şeyler düşünüp oyalanmak istiyorum. Tanıdığım insanları düşünüyorum mesela, akrabalarımı. En uzun kim yaşamış, en ağır hastalığa kim yakalanmış?... Gözümün önünden bir sürü yüz geçiyor. Seslerini duyar gibiyim. Savaştan önceki normal günlerimi, dışarıdayken, özgürken yaptıklarımı anımsıyorum; dışarıda olmanın o zamanlar anlamadığım ama şimdi şiddetle hissettiğim, aradığım ferahlığını... İmkânsızı, geri dönülmezi arzuluyorum. Derken bana ait gerçeklere dönüyorum. Ne kadar zaman geçtiğini, ne zamandır burada olduğumu ve ne zaman çıkacağımı hesaplıyorum. Birkaç senem daha var... Birkaç sene...

Bugün binlerce mahkum için takvimlerden bir gün daha silindi. Geriye doğru saydıkları zamandan bir günü daha eksilttiler. Belki ziyaretçilerini beklediler, kimileri geldi, kimileri gelmedi, gelemedi. Benim takvimim yok, ziyaretçim de; sadece soluk alıp vermem gerektiğini biliyorum. Bir de beni oyalayan en büyük meşguliyetim olan merakım var. Buradaki herkesi bir dedektif gibi inceliyorum, onları dinliyor, hareketlerini gözlemliyorum. Kim hayatı boyunca daha fazla pisliğe batmıştır diye merak ediyorum. Farklı farklı hayat hikâyeleri duyuyorum.

Bir insanı katil yapan nedir? İçindeki hayvan mı yoksa çevrenin gitgide hayvanlaştırması mı? Tam karşımdaki yatakta başını ellerinin arasına kalmış bir kız var. Daha çok genç, on sekizinde. Öyle çok saldırıya, talihsizliğe ve kötü muameleye maruz kalmış ki yaşından çok çok erken yaşlanmış, hatta yaşamıyor gibi. Bedeni başkaları tarafından sürüklenen bir ölü gibi artık. Koğuşun demir kapısından ilk kez girdiği günü hatırlıyorum. Başını öne eğmiş olmasına rağmen kızarmış incecik yüzünü görüyordum. Bir an başını yukarıya kaldırdı ve ela gözlerindeki büyük korkuyu gördüm. Rimelleri akmış, kurumuş yanaklarında yaş izleri ince ve derin çatlaklar gibi uzanıyordu. Biçimli burnunun ucunda küçük bir kan lekesi vardı. Patlıcan moru kıvırcık saçları başının arkasında duran tokadan kurtulmuş, sağdan soldan biçimsizce sarkıyordu. Uzun zayıf bacakları vardı. Bal rengi deri pantolonu cep kısmından yırtılmış, içinden beyaz teni görünüyordu.

Kısa deri montunun kemer kopçası yerinde değildi. Belli ki metaldi ve hapishanede kendine zarar vermemesi için polisler tarafından koparılmış ya da suç işlediği yerde bırakmıştı.

Bir müddet onu sadece izledim, yanına yaklaşmadım. Koğuştakiler kargalar gibi kızın başına üşüşmüşlerdi. Derken, orta yaşlarda, koğuşun en eskisi ve psikopatı olan Luda, burnunun dibinde bitiverdi. Kızı baştan aşağı süzdü ve ona rahatsız edici, keskin bir bakış attı. Kız gözlerini yere indirmiş, tir tir titriyordu. Ne tepki vereceğini bilemiyordu.

Lida, "Ne yaptın yavrum, mahallenin kedilerini avlamaya mı çıktın? Nasıl yaptın peki, şişledin mi?" diye sordu. Kız sessizce iç geçirince Luda kızın yüzünü elinin tersiyle okşadı ve kızın saçına dadandı. Kızın başı arkaya düşmüş, hiç kıpırdamıyordu. Luda'ya ne cevap verdi ne de ona karşı koydu.

Bu durum kadını daha da sinirlendirmişti.

"Konuşsana seni küçük fahişe, konuşsana! Onları müsait yerlerinden mi astın?" Sesi öfkeyle yükseliyordu. Kızın dibine girip tam karşısında dikildi. "Ukalalık etme, karşında büyük var. Duyuyor musun ha, sana söylüyorum!" Kızdan yine ses çıkmayınca suratına kuvvetli bir tokat aşk etti. Kız kendini korumak için kollarını başının üzerine siper etmişti. "Lütfen, ben bir şey yapmadım!" diyebildi. Luda kızın yakasına yapışıp onu geri itince etraftan alaycı kahkahalar yükseldi.

"Desenize anasının masum kuzusunu buraya yanlışlıkla atmışlar."

Seninle işimiz bitmedi der gibi bir bakış attı ürkmüş kıza.

Kız hâlâ titriyorken burnundan akan kanı ellinin tersiyle sildi, çevreye bir göz attı ve, "Ben öksüzüm," dedi. Uzun uzun iç geçirdi.

"Al bir sokak köpeği daha," diye söylendi dört kişiden biri.

"Köpek mi! Bence bu suratsıza bu kadar iltifat fazla, bu olsa olsa fare olur!"

"Ben bir şey yapmadım!" diye bağıran kız sinir krizi geçiriyordu. Avazı çıktığı kadar bağırırken kendini yerlere atmıştı. "Kurutulmuş kelebekler de bir şey yapmadı ama oradalar.

Bir çerçevenin içinde ölüme teslim olmuşlar," dedi. Az sonra ona herkes sırtını çevirdi. Luda kollarını göğsüne kavuşturmuş, hâlâ orada dikiliyordu. Sonra dişlerini hırs ve öfkeyle sıkarak kızın üstüne çullandı ve onu tartaklamaya başladı. O anda kimse müdahale etmedi. Belli ki ya korkuyorlardı ya da umurlarında değildi. O gece biri onu yatağımın dibine kadar sürükledi.

Kan kokusunu duydum. Üzerine bir battaniye örttüm.

Kızın adı Ruso'ydu.

1

Otuz bir kişilik sınıfta herkesin soluğu kesilmişti. Huzursuz kıpırdanışlar, heyecanlı iç çekişler, kapanan defter sayfalarının hışırtısı ve sakin ilkbahar gününde beklenmeyen sert fırtınanın pencereyi döven sesi sessizliği bozuyordu. Öğretmen Tamriko yarı açık pencereye yaklaştı. Pencereyi sıkıca kapatıp eski perdeyi düzeltti. Tekrar çalışma masasının başına dönüp çocuklara bir göz attı. Eline beyaz bir kâğıt aldı, önce kâğıda sonra çocuklara baktı. Üzerinde gri ve kırmızı, kareli, dar elbise vardı. Burnunun üstünden kayan kalın çerçeveli gözlüğü düzelti ve konuşmaya başladı.

"Biliyorsunuz ki sekizinci ayın ilk haftası New York'tan gelen misafir öğrencileri ağırlayacağız. Şimdi karşılama komitesindekilerin listesini açıklıyorum: Gogia Cuğeli, Ketevan Tabukaşlivi, Makvala Jğonia, Nana Emhvari, Ruso Kandelaki..."

Sınıftan bir uğultu yükseldi. Sonuçtan mutsuz olanlar kendi kendine söyleniyordu. Mamuka gür sesiyle, "İnanmıyorum ya, şanslı olmak için evlatlık olmak gerekiyormuş demek ki!" dedi, Ruso'yu kast ederek. Otuz kişinin alaycı gülüşleri ve acıma dolu bakışları Ruso'ya çevrilmişti. Ruso bu bakışların altında ezilmiş, yerin dibine girmişti. Kalabalığın bakışları canını acıtıyordu. Adım atmayı denedi ama sanki olduğu yerde çakılıp kalmıştı. Kendini tahta sandalyeye bıraktı. Kollarını gri masada kavuşturdu. Başını kollarının arasına gömdü. Aklı öfkeli bir nehir gibi coşmuştu. Ben kimim, kimin çocuğuyum?

Annem, babam kim? Peki, beni sokağa atanlar, ben onlar için neydim ki sokağa atıp kurtuldular benden, diye düşündü.

Ruso ağlıyordu. Sıra arkadaşı Makvala'nın omzuna dokunduğunu hissetmiyordu bile. O an annesinin, babasının yüzlerini görmek istemedi, ama hafızasından da silinsinler istemiyordu. Yer yarılsa da içine girsem diye düşündü. Ayakları titriyordu. Teşekkür etmek için ayağa kalkmışken şimdi başını öne eğmiş, ne yapacağını bilmiyor, boncuk boncuk ter döküyordu. Bir anda koşarak çıktı sınıftan. Nereye gideceğini düşünmüyordu. Sanki beyninde koskoca bir uçurum vardı.

Birden durakladı, gidecek yeri olmadığını anımsadı.

Kilisenin önüne geldi. Eski, yıpranmış, gri, ince tuğladan yapma, yer yer yosunla kaplı duvarlara göz attı. Kafasını kaldırıp tepesindeki haça baktı. Başparmağını, işaretparmağını ve orta parmaklarını birleştirip dua etmeye başladı. "Tanrım bana yardım et," dedi. Acı acı yutkundu. İki adımdan sonra kilisenin yenilenmiş tahta kapısını araladı. Buraya gelmeyeli çok olmuştu. Genç rahip burada çalışmaya başladığından beri uğramamıştı. Nereden gelip, hangi düşünceyle ve istekle çalışmaya başlamıştı bu rahip, insanı düşündürüyordu doğrusu. Çünkü seneler olmuştu ki buraya kimse uğramamıştı.

Tanrı'yı kimse hatırlamadı. Sadece canı çok yananlar, acısının ateşiyle sığınırdı buraya. Tıpkı şu an Ruso'nun geldiği gibi. Eskiden burada mum yakar, dua eder, Tanrı'yı hatırlarlardı. Şimdiyse restore edilen bu kiliseyi tanımak neredeyse imkânsızdı. Duvarları temizlenmiş ince sıva ile sıvanıp krem rengine boyanmıştı. Dedelerden, hatta büyük, büyük dedelerden kalma yaldız çerçevenin içinde özenerek çizilen İsa ve meleklerin resimleri duvarların tümünü kaplamıştı. Mumların yanması içinse özel, ayaklı içi kum dolu sepetler ayarlanmıştı.

O gün rahip yoktu. Nedense Ruso bu duruma sevinmişti.

Belki kendi ruh halini bir başkasına yansıtmak istemiyordu.

Ama yardımcısı olan kadın, bir masa başında oturmuş uyukluyordu. Ruso kadına bir göz attı. Burada boy boy mumlar, haçlar, dini resimler, dua kitapları satılıyordu. Ruso eteğindeki cebinden bir lari çıkardı. Demir parayı kadına uzatıp ondan mum istedi. Kırmızı ateşi ile parlayan mumu kuma sapladı.

Gözünü ateşin derinliklere daldırıp rahat bir nefes ve hafiflik diledi. Onun için iyi olan her şey kara bir sise bürünmüş, kaybolmaya hazırlanıyordu. Gözünde yaşlar birikti. Kafasını kaldırıp etrafındaki masum, sakin, ferah yüzlere baktı. Birden kulağını annesinin sesi doldurmuştu. "Dilek dile," diye fısıldıyordu. Tıpkı eskisi gibi şu an onu yanında hissediyor gibiydi.

"Ne dilemeliyim anne? Her şeye sahibim. Siz varsınız, sevginiz var." Sonra kafasında bir başka ses yankılandı: "Sen onların kanından değilsin."

Saat bir hayli geç olmuştu. Ne vakittir oradaydı bilmiyordu. Dönmek için yola koyuldu. Annesinin şefkat dolu, babasının hükmeden sesi yol boyunca kulağında çınladı. Gerçekleri bildiğini hissettirmeden nasıl bakacaktı onların yüzüne?

Ne diyecekti?

Eve gelmiş, kapıyı açmak üzereydi. Kapıya kulağını dayadı. İçerisi sessizdi. Eve ayak parmak uçlarına basarak girdi.

Senelerdir soluduğu, eve sinen ferah sabun kokusunu tekrar duydu. Pembe terlikleri kapının önünde onu bekliyordu.

Mutfakta pişen lahana dolmasının kokusu her yanı sarmıştı. Beyaz masanın üzerinde Ruso'nun her zaman oturduğu yerde, tabak, çatal, kaşık, bıçak özenle hazırlanmıştı. İçi dolu ekmek sepeti beyaz örtü ile örtülmüştü. Ruso kapı eşiğinde durdu. Bir zamanlar kendine ait olan bu eşyalar şimdi gözünün önünde birer birer eriyordu. Kendini yatağına attı. Gözlerini kapadı. Anıları ona rahat vermiyordu. Gerçekler birer taş duvar olmuş, üzerine yıkılıyordu. Annesinin tek ayağının üzerinde oturup onu zıplatmasını, kendisiyle oyunlar oynamasını hatırladı. Nasıl da sıkı kavrıyordu onun minik ellerini... Sonra sık sık sorduğu o soruyu tekrar sorardı annesine.

"Ben kime benziyorum anne?"

"İkimize," derdi annesi, gergin bir şekilde. Annesinin gerginliği ona da geçerdi. Oysa o bunu hep mükemmel iki insanın evladı olmasının verdiği gururu bir kez daha yaşamak için sorardı. Şimdi anlıyordu, annesinin bu sorudan neden bu kadar rahatsız olduğunu. Açık pencereden dışarı baktı.

Binanın karşısındaki tren vagonuna benzeyen beyaz butiği gördü. Bu butiğin açılmasına üç sene önce üçü birlikte karar vermişti; annesi, babası ve Ruso. O zaman Ruso on dört yaşında idi. Metruk dükkânın beyaza boyanmasını istemiş, üzerine rengârenk çiçek resimleri yapılmasını istemişti. Onu kırmamışlardı. Babası ressam Duro'yu çağırıp duvarı çiçeklerle bezemesini sağlamıştı.

Ruso gözyaşlarını sildi. Butiğin açık olan kapısına baktı.

İçerde birkaç kişi dikiliyordu. Belli ki alış veriş yapıyorlardı.

Ruso iyice bakındı, kasaya bakanın kim olduğunu görmek istedi ama göremedi. Duvardaki saate baktı, altıyı on geçiyordu. Bu saatlerde orada annesi olmalıydı. Baba ise büyük ihtimalle toptancılara eksiklerini tamamlamaya gitmişti. Ruso oradaki hayatına ait kareleri izlemek için ömrünü vermeye razıydı fakat nedense haksızlığa uğradığını düşünerek öfkelenmiş, kendi kendini yiyip bitirmişti. Peki, şimdi ne olacaktı?

Ruhunu kaplayan bu sisten nasıl kurtulacaktı?

Şapkalı bir kız bir erkekle sarmaş dolaş halde, dışarıda eline aldığı şeyi kemirerek çıktı. Arkalarında yaşlı bir kadın elinde ekmek torbası ile köşeye doğru yürüdü ve annesi kapıda belirdi. Üzerinde Ruso'nun ona biriktirdiği harçlıklarla aldığı mor bir elbise vardı. Ruso camdan hızla ayrılmak için yere eğildi.

Kadından kendini gizlemesine şaşırdı. "Ne yapıyorum ben," diye mırıldandı. ama yerinden de kıpırdayamadı. Tuhaf bir haldeydi. Sanki biri bedenine girmiş de aklına hükmediyordu.

Sonunda cesaretini toplayıp tekrar camdan baktı ve annesinin meraklı bakışlarıyla karşılaştı. Annesi Ruso'ya el salladı, Ruso da ona. Annesinin adı Tina'ydı; kısa boylu, balıketli, yuvarlak kalçaları hafif kalkık bir kadındı. Ruso ona sık, sık takılırdı.

"Anne versene o kalçadan biraz bana da," derdi.

Kadın kahkahalar atarak, "Ne yapacaksın kızım, yük taşımaya mı meraklısın?"

"Ama anne bu uzun bacaklarla hiç kadınınsı değilim. Neden sana benzememişim ki?"

Ruso belki de hayatında ilk defa kendini eleştirmişti. Yatağın ayakucuna oturmuş başını avuçlarının arasına almıştı. Oda sessizdi. Açık pencereden ara ara sokakta oynayan çocukların bağırış çağırışları duyuluyordu. Bir de odadaki duvar saati onun yapamadığını yapıp düzenli olarak ilerliyordu. Ruso saate baktı, yediye geliyordu. Az sonra aile akşam yemeği için sofra başına toplanacaktı. Oturduğu yerde huzursuzca kıpırdandı. Gözlerini ağır ağır kaldırdı. Karşısında duran dolabın üç kapağının üç aynasında da kendini gördü. Bir tanesi yere çömelmiş, gözyaşlarına boğuluyordu.

Bir diğeri kalın zincirlere bağlı, siyah toprağa esirdi. Oradan kopmaya çalışıyordu, ama kopamıyordu. Üçüncüsü suskun, durgundu ve gözünün perdesinde koca bir boşlukla sersemlemişti.

Birden saçlarını geriye atıp silkindi. Aynalardan birine yaklaştı. Bu kadını ilk defa görüyor gibiydi. Solgun, hasta, öfkeli ve kendine düşman bir yüz... Beyaz komodinin üzerimde onun çok sevdiği oval parfüm şişesini gördü. İki gün önce annesi bunu bir butikten satın almıştı. Ruso'ya, "Hakiki değil kızım, ama idare et," demişti. Ruso şişeyi avuçlayıp yere fırlattı. Şişe oldu.

"Senin sahte varoluşunu yok ettim ben," diye söylendi.

Odanın içinde bilinçsizce dolanmaya başladı. Bir ara sokağa baktı. Gri ve kırmızı kareli elbisesini giyen, tezgâhının dibinde duran öğretmenini gördü. Belli ki karşısındakiyle bir şeyler konuşuyordu. Az sonra Ruso annesinin sokağa fırladığını fark etti. Annesi kafasını kaldırıp evin camlarına bakıyordu.

Birkaç saniye öylece kalakalmış, sonra öğretmene bağırarak bir şeyler söylemeye başlamıştı.

"Öğrendi," diye mırıldadı Ruso. "Demek sadece benim canım yanmıyor."

Akşam dokuzda herkes eve toplandı. Sıradan bir akşam yaşanması için herkes gayret gösteriyordu. Tina her zamanki gibi mutfakta sofra kurma telaşında idi. Sinirinden yüzü al al kızarmıştı. Eli ayağına dolaşıyor ama susuyordu. Ruso bir müddet odasından çıkmadı. Elinde kitap, yatağın üstünde donuk bir şekilde oturuyor, gözlerinden yaşlar süzülürken elindeki kitabı karıştırıyordu. Alika televizyonun karşısında oturmuş haberleri izliyordu. "Herkes mutfağa!" diye seslendi kadın. Ruso kitabını kapatıp yataktan fırladı. Kendinden bezmiş bir tavırla belini doğrultup ayağa kalktı. Babası ile mutfak kapısında karşılaştı. Gözlerini yere eğip onun önden geçmesini bekledi. Herkes alışılmış yerlerine oturdu. Sofrada kimse konuşmuyor, herkes tabağının içindeki lahana dolmasını iştahsızca didikliyordu. Ruso kaşlarının altından annesinin yüzüne baktı. Kadının rengi solmuş, üzgün yüzü kırışmıştı.

Sık sık eşine endişeyle bakıp, bu işin içinden nasıl çıkacağını ona sorması gerektiğini düşünüyor, ama nereden başlayacağını bilmiyordu. Bu tarz konuşmalara nereden başlanırdı? Tina bütün hayatını biricik bildiği kızına adamıştı ve şimdi ona hesap vermek zorundaydı. Ama neyin hesabını verecekti? Kadının gözleri dolmuştu. Biri dokunsa ağlayacaktı. Baba Alika onların karşısındaki sandalyede oturuyordu. Sürekli kel kafasını, terleyen yüzünü peçeteyle silip ağarmış kaşların altından ana kızı izliyordu. Sonunda sinirleri tırmanan sessizliğe daha fazla dayanamayıp masayı yumrukladı.

"Yeter!" diye bağırdı çatallaşmış sesiyle. "Sanki evden cenaze kalkmış, nedir suratlarınızın hali!" Adamın kahverengi yumuk gözleri sinirden bir o yana bir bu yana oynuyordu.

Geniş çene kemikleri gerginlikle ileri geri hareket ediyordu.

Kırışık, sarkık yüzü kıpkırmızı olmuştu. Tina kocasının bu hallerini iyi bilirdi. Emekli polis Alika'nın bu tavrı hiç hayra alamet değildi. Küslüğü sevmezdi, onun kitabında her şeyi ortaya koyarak konuşmak gerekirdi.

Kadın, "Bizim onu ne kadar çok sevdiğimizi bilmesi gerekir. Kimin ne söylediğinin ne önemi var." Kadın Ruso'nun saçına dokundu. Onu sevmek istedi. Ama kız başını çekti.

"Önemi var anne! Gerçeği benden gizlediniz. Bunu bilmek benim hakkımdı!"

"Neden Ruso, üzülesin diye mi?" Kadın ayağa kalkmış, ellerini masaya dayamıştı. Artık gözyaşlarına hâkim olamıyordu.

"Kızım, yanılıyorsun. Sen bizim kızımızsın ve her zaman bu böyle olacak." Yüzünü elleriyle kapattı. Ağlıyordu. Adam ok gibi sivri bakışını Ruso'ya çevirdi. Ruso çatalını tabağının içinde boş boş gezdiriyordu. Bir damla gözyaşı masaya düştü, arkası geldi. Az sonra elektrikler kesilmiş ve aslında evdeki herkes biraz rahatlamıştı. Böylece yüzlerindeki üzüntü ve gerginlik görünmeyecekti. Sessizce yatak odalarına çekilip erkenden yataklarına serildiler. Kimse uyumuyordu. Ruso yatağının içinde dönüp duruyordu. İç geçiriyor, kendini, kendi sessizliğinde boğuyordu. Yan odadan annesinin ağlamaklı fısıltıları duyuluyordu. Babası neredeyse hiç konuşmuyordu.

Gece yarısından sonra yan odadaki sesler kesildi. Ruso uyku sersemliğine teslim oldu.

Sabaha karşı dış kapı kırıacak gibi çalınıyordu. Ruso yattığı yerden sıçradı. Yatağının içinde iki büklüm oturmuş, hızlı atan kalbinin sesini dinliyordu. Yan odadan önce tıkırtıları, sonra da babasının sesini duydu.

"Bırak kolumu kadın! Bu adama haddini bildirmem lazım.

Ne bu böyle, her gece her gece..." "Adam sarhoş, elektrikler de yok, yine kapıyı şaşırmış olmalı."

"Az içsin!" Dışarıdan sesler gelmeye başlamıştı. Üst kata doğru merdiven basamaklarından ayak sesleri duyuluyordu.

Arkasından kapı sertçe kapandı. Bağırış çağırış sesleri, ağza alınmayacak kelimeler, yürek parçalayan hıçkırıklar... Ruso kulaklarını tıkamayı denedi. Sonunda başını yastığın altına sakladı.

2

Sınıftaki öğrencilerin çoğunun Ruso'nun okulu değiştirmiş olabileceği düşüncesi yalan oldu. Ruso her zamanki gibi kapıyı tam zamanında aralayıp derse girmişti. Hüzünlüydü.

Gözlerini önündeki defterden ayırmıyor, ama içindekileri de görmüyordu. Onun için bu hayatta her şey anlamsız görünüyordu. Harflere bile sanki ayrıcalık yapılıyordu. Yoksa yanılıyor muydu? Annesinin sözlerini hatırladı. "Kızım, yanılıyorsun. Sen her zaman bizim kızımızdın ve her zaman bu böyle olacak." Ruso iç geçirdi ve Tanrı'ya her şeyin eskisi gibi olabilmesi için yalvardı. O gün okuldaki dedikodu malzemesi az önce sınıftan içeri giren Makvala olmuştu. Makvala'nın yuvarlak kar beyaz yüzü balon gibi şişmişti. Gri gözlerinin altı mosmordu.

İnce burnunun üstünde ve sol kaşında derin bir yara izi vardı. Biri onun uzun kül sarısı saçlarını makasla kırpmış, sonradan düzeltilmeye çalışıldıysa da gizleyememişti. Sınıftakilerin ağızları şaşkınlıktan açılmıştı. "Geçmiş olsun," diyenlere, "Merdivenlerden düştüm," diyordu. Herkes öyle olmadığını biliyordu ama susuyorlardı, çünkü ağzının payını alacaklarını biliyorlardı. Öğlen Ruso kantine gitmeyi bile düşünmedi. Arkadaşını yalnız bırakmak istemedi. Onu nerede bulacağını iyi biliyordu. Okulun bahçesinde iki dev çam ağacının altında duran uzun banka doğru yürüdü. Arkadaşı iki büklüm, sırtı dönük oturmuş, toprağa bakıyordu.

Bir yandan da ayağının ucuyla toprağı kazıyordu. Ruso ona yaklaştı. Omzuna dokundu. Makvala kafasını çevirdi, ama ses etmedi. Ruso oturdu. O da sustu. Makvala'nın toprağı deşmesini izledi.

"Bir gün bu hayattan öyle bir intikam alacağım ki…" derken ağlıyordu.

"Biliyor musun senin yerinde olmak isterdim. En azından gerçek bir ailen var."

"Deli olma, seninkilerle iyi geçin," dedi Ruso'nun yüzüne kıskançlıkla bakan gözlerini dikerek sertçe burnunu çekti.

"Kavga yok, gürültü yok. Dert tasa yok. Bir de benim halime bak."

"Şimdi ne yapıyorlar?" diye sordu Ruso kısık sesle. Makvala toprağı daha hızlı, kuvvetlice deşmeye başladı. Kızın elleri, sesi titriyordu. "Allah belasını versin onların! Sabah beşten beri sokaktayım ne bileyim. Bugün eve gidesim de yok."

Ruso arkadaşını içini sızlayarak süzdü. Çantadaki poğaçalardan ona da ikram etti. Omzunu okşadı." Ben bizimkileri ikna ederim, birkaç gün bizde kalırsın."

Ruso kendi odasına adım atmaya fırsat bulmadan, Makvala onun yatağına bağdaş kurmuştu bile. Dergilerini, kitaplarını karıştırıyordu. Tina az önce yenen yemeğin bulaşıklarını yıkıyor, durulaması için kızına uzatıyordu. İkisi de susuyordu, ama ikisi de aynı şey düşünüyordu, umuyorlardı ki uğursuz komşu yine kapılarına dayanmasın. Alika belli etmemeye çalışsa da, camdan sokağı, adamın gelebileceği yolları gözetliyordu.

Ruso karpuzunu odalarında yiyeceklerini söyledi.

Makvala'nın şiş yüzüne, mor dudağına ve gamsız, katı duruşuna hayretle bakıyordu.

"Biliyor musun Ruso içimde beslediğim nefreti gün geçtikçe daha da kuvvetle hissediyorum. Canım çok acıyor. Bu kadar mı talihsiz doğar bir insan! Annemin bir aptal olduğunu herkes biliyor.

Babam da sağlam pabuç değil, kiminle yatıp kalktığı belli değil. Nefret ediyorum hepsinden, böyle aile olmaz olsun."

Ruso annesinin odalarına ok gibi daldığını görünce oturduğu yerden fırladı. Ruso, anne demeye fırsat bulamadan, Makvala'nın burnunun dibinde bitivermişti. Havaya işaret parmağını kaldırmıştı.

"Ailene hakaret mi ediyorsun, çok ayıp. Onlar senin annen ve baban Makvala, aileden daha önemli bir şey yoktur.

Anlıyor musun. Burada kalabilirsin ama biz senin ailen değiliz, olamayız da! Sen, annen ve baban, dünyada daha ötesi yok senin için." Kadının gözlerinden yaş akıyordu. Bakışını Ruso'ya çevirdi. "İnsanın tek bir ailesi olur! Bu senin için de geçerli!"

Üst katta çıt yoktu.

***

Alika, "Yazık bu Nona'ya. Talihsiz doğdu, talihsiz ölecek bu gidişle. Akıldan özürlü olduğunu ailesi kabullenmek istemedi ama bu böyle. Benden dokuz yaş küçük. Şimdi sadece otuz bir yaşında. Ama yüzüne bak..." dedi.

Nona'nın suratı bir darbe yemiş gibi göçmüştü. Bir buçuk parmak kalınlığında kaşları vardı. Gri gözlerinin etrafı kirpik ormanıyla çevrilmişti. Dişleri yamuk olduğundan ağzı hiç kapanmıyordu. İnce sivri çenesi neredeyse bedenine yapışıktı.

Boynu yok gibiydi. Başı dar omuzlarının üzerine oturtulmuş gibiydi. Fırça gibi görünen kahverengi saçlarını hep kısa kestirirdi. Kısa, kara kuru bir şeydi. Beş yaşında bir çocuk gibi konuşuyordu. Babası kahrından erken vefat etmişti. Annesi onu bir saniye bile gözünün önünden ayırmadan tek başına büyütmüştü. Nona saf ama iyi kalpli biriydi. Hastalığı öğrenince annesi kızının mürüvvetini görmek için damat adayı aramaya başlamıştı. Maçhaani köyünden öksüz, fakir bir genç buldular.

Nukri'yi gören hayranlıktan dudağını ısırıyordu. Genç delikanlı, çok ama çok yakışıklıydı. Badem gibi yeşil gözleri vardı. Kalem kaşları, köşeli iri yüz hatları, kalın boynu, kül sarısı hafif uzamış saçları, zararsız serseri havasını veriyordu. İri gözleri bazen durgun, bazen asabi, bazen boş bakıyordu. Muhakkak bu gencin bir gün gözü açılacaktı ve o zaman kâbus başlayacaktı. Öyle de oldu. Artık başka kadınlarla flört ediyordu. Artık karısı tüm zenginliğine rağmen onun için cazip değildi ve karısını dövmeye de başlamıştı.

Nona'nın annesi, onların düğününden hemen sonra öldü. Onun öldüğü gece alt komşu Alika ve Tina evlenmişti. Yeni evli çift cenaze evine manevi olarak yardım elini uzattı ve o günden beri bu böyle devam etti. Makvala'ya hamile kaldığını söyleyen Nona, Tina'ya bebek bakımı hakkında bazı soruları sormuştu. Çok heyecanlıydı. Aynı zamanda Tina da Ruso'ya alışmaya çalışıyordu. Nukri o günlerde kendini belli etmeye başlamıştı. Evine ya geç geliyor, ya da hiç gelmiyordu. Nona doğum sancıları çekerken, kendisi ortalıkta yoktu. Kadını hastaneye Alika ve Tina yetiştirmişti. O günden beri bu iki kız çocuğu kardeş gibi büyüdü. Makvala hırçın bir bebekti, Ruso ise sakindi.

Ruso o gece yatağını Makvala'ya kaptırmıştı. Beyaz kaz tüyü yastığını kucaklayıp yatmak için salona girdi. Karanlıkta koltuğa doğru adımlarını yavaşça attı. Sol elini havada gezdirip çizgili koltuğu bulup oturdu.

"Uyuyamadın mı?" diye sordu koltuğunun öbür ucunda oturan annesi. Ruso iç geçirdi. Ses etmedi. Son zamanlarda annesinin Makvala'ya karşı antipatisi vardı. Kızın her yaptığı ona yanlış geliyordu.

"Bu kızın gözü kara, her an her şeyi yapabilir. İnsanlara kolayca zarar verebilir. Onunla samimi olman beni korkutuyor." Bu sözleri bir kez daha duymak istemiyordu. Kadın oturduğu yerde huzursuzca kıpırdandı.

"Ne zaman gidecek?" diye sordu. Cevap gelmeyince, "Seni kıskandığını her dakika belli ediyor ve sen..."

"Belli etmesine gerek yok, söylüyor zaten. En azından dürüst davranıyor değil mi!" diye kükreyen Ruso oturduğu yerden kalktı.

O gece ikisi de uyumadı. Kızın içinde kopan fırtına, Tina'yı endişelendiriyordu.

3

Ruso parlak taşlı saate bir kez daha baktı. Kulağını dikip üst katı dinledi ama ses yoktu. Tina valizini hazırlıyordu. Bitirince, "Haydi!" dedi Ruso'nun önüne valizini koyarak.

"Vakit geldi mi? diye sordu kız gözlerini yumup, isteksizce.

Annesi omuzlarını silkti. "Daha fazla bekleyemeyiz, kaç saatlik yol," dedi ve valizi kaptığı gibi, arkasından kızın ayak sesini dinleyerek kapıya doğru yürüdü. Ruso bezgin bezgin yürümeye başladı. Kapıdan öteye çıkası yoktu. Makvala'nın birden yok oluşu onu üzmüştü. Kendini içi boşalmış kuklaya benzetiyordu. Kapıdan adım atar atmaz üst kata koştu. Tahta, hafif eğreti kapıyı hızla birkaç kez yumrukladı. İçerden ne ses duyuluyordu, ne de kapıyı açan vardı. Bu kez karşı komşunun kapısına dayandı. Karşısında yaşlı kara kuru bir kadın belirdi. "Ne var!" dedi öfkeli bir sesle. Komşuların adlarını duyunca kapıyı kızın suratına hızla kapadı. Ruso oradan uzaklaştı.

Eski, tozlu dolmuş, hareket etmeye başladı. Dışarıda sıcak bir esinti vardı. Dolmuşun içinde tozla karışık çeşitli parfüm ve ter kokuları çarpışıyordu. Ruso terleyen yüzünü elindeki mendille kuruladı. Alnını cama dayadı. Her sokak başına baktı ama Makvala'ya hiçbir yerde rastlamadı. Öfkelenmişti çünkü Makvala ona geleceğine dair söz vermişti. "Vardır bir açıklaması," dedi kadın kızının omzunu okşayarak. Sıcaktan sararmış, kuruyup tozlanmış birkaç köyü geride bıraktıktan sonra Tiflis'e vardılar. Ekonomik krizden yeni yeni çıkmaya çalışan şehrin sokaklarına yeni binalar inşa edilmişti. Tina ne sokağa bakıyordu, ne de konuşulanları dinliyordu. O sadece kızını düşünüyordu. Arboşiki'de akşam muhabbeti için sokağa çıkan kalabalık, sokak kapısının önünde cümbür cemaat toplandı. İçlerinden biri, "Dodo Nine, torunun ve kızın geldi!" dedi. Seksen yaşlarına yakın olan anneanneleri sokak kapısında belirdi. Yaşlı, buruşuk ellerini uzatıp baştan kızını, sonra Ruso'yu kucakladı. Ruso hassas ruhu ile onu sevmedikleri fikrine kapıldı. Yaşlı kadının elleri ve sesi heyecandan titriyordu. Bu ziyaretten duyduğu şaşkınlığı gizleyemiyordu.

Kızın yüzüne bakıp ziyaretinin sebebini öğrenmeye çalışıyordu. Genç kızlardan biri, ne kadar kalabileceklerini sordu.

Ruso, "Bakalım," derken, annesi, "Kızım okulunda iyi bir öğrenci olarak, bir hafta sonra Amerika'dan gelen çocuklarla Tiflis'te tatil yapmaya gidecek. Bir hafta sonra ne yazık ki gitmek zorundayız," diye yanıtladı.

Dodo Nine açık sözlü, zaman zaman aksi ve oldukça cimri bir kadındı. Kendi kızı bile bunu bildiğinden yiyecek ekmeği bile yanında getirirdi. Tina parasızlıktan şikâyet bile edemez, konu açılınca annesinin yüzü hemen düşer, onu beceriksizliğinden, talihsizliğinden dolayı suçlardı.

Dodo Nine'nin Tina'dan başka iki çocuğu daha vardı. Otuz yaşlarında olan Tolga özürlüydü. Öbürü kırk yaşlarında olan İa idi. Köylülerden yumurta toplayıp şehrin pazarında satardı. O gün İa evde değildi. Tolga oturma odasının başköşesinde demir başlıklı yatağında öylece yatıyordu. Bir bebekten farkı yoktu. Sadece onlar gibi ağlamıyordu ama bağırıyordu.

Ruso'yu karşısında görünce kirli sakallı yanaklarını şişirdi, ağzında bir şeyler geveledi ve sustu. Dodo Nine belki de ona baka baka katılaşmış, duygularını yitirmişti. Belki de Ruso'yu seviyordu ama bunu dile getirmekte zorlanıyordu. Ruso işin aslını bilmek zorunda hissediyordu kendini. Belki buraya gelmek hem ona hem de annesine iyi gelecek, belki de tam tersi olacaktı.

O gün akşam yemeği için sofrayı her zamanki gibi Tina kurmuştu. Evden getirdiği taze fasulyeyi, kıymalı şehriyeyi, domatesi, peyniri sofraya koydu. Ekmeği almayı unuttuğunu söyleyip annesinden ekmek istedi. Kadın buzdolabından çıkardığı az pişmiş, az kabarmış, sert ekmeği eliyle bölüp sofraya koydu. Ruso yemeğini yeyip ekmeğine dokunmayınca annesi, "Kızım kuru kuru karnın doymaz," dedi. Ruso ses etmiyordu, ama annesinin dediğini de yapmayınca Tina tekrarlamak zorunda kaldı. Nine onları izliyordu. Genzini temizleyip başını çevirerek, soğuk bir sesle konuştu.

"Siz çok emek harcadınız bunu büyütmek için. Şımartmayın da kıymetinizi bilsin. Neymiş, köy ekmeğini yemezmiş."

Nesi var bizim ekmeğin? " Kadının sesi yükseliyor, bakışlarını Ruso'ya çevirip onu dövecekmiş gibi bakıyordu.

Ruso gergin ortamdan kaçmak için ayağa kalktı. Annesinin çantasında cep telefonunu aramaya başladı. Bir an evvel telefon etme bahanesi ile sokağa çıkacaktı. Tina'nın kaş göz işaretine rağmen Nine öfkeli konuşmasını sürdürüyordu.

"Ne varsa onu yesin! Nerde yer varsa orda yatsın!"

Ruso artık kapının önündeydi, ama konuşmalarını hâlâ duyuyordu. "Tepenize çıkardınız bu kızı!"

"Yapma anne, Ruso öyle bir kız değil. O bizi sever. Yapmaz!"

"Emin olma. Sonuçta senin kanından değil."

Bu sözleri duyan Ruso koşmaya başladı. Nine doğru söylüyor. Kimin nesi olduğumu bilmedikleri için de güvenmiyorlar bana, diye düşündü. Ruso beynini susturamıyordu.

Kendini sebepsiz yere suçluyordu. Kaçacak yeri yoktu. Durdu.

Geleli dört gün olmuştu. Ruso o gün köyün tepesine tırmandı.

Dut ağacının dibindeki taşa oturup cebinden telefonunu çıkardı. Bir yerden iki kişinin sesi geliyordu. Sağa sola bakındı, bir şey göremedi. Başını yukarı kaldırınca iki kızın dut ağacının diğer tarafına kurulduğunu gördü. Aralarında muhabbete dalmışlardı. Ruso kaskatı gerildi. "Kimden aldılar ki bu kızı?" diyordu biri. Öbürü, "Bilmem, ama herkesin dilinde. Adam karısına eğer bu sefer de kız doğurursa ne kadını ne çocuğunu eve almayacağını söyleyince, kadın da vermiş işte."

"Doğru mu acaba?"

"Bilmem belki de yurttan aldılar kim bilir."

Ruso oturduğu yerden hızla kalktı. Konuşulanlardan da konuşanlardan da bıkmıştı. Güçsüzlüğüne isyan etmişti.

4

Ruso evin biraz ilerisindeydi. O günden beri her şeyi unutmuş gibiydi, düşünmeyi, konuşmayı yargılamayı bile bırakmıştı artık. Nona yırtık solgun, kirli koltuğa oturup, ince, yol yol yırtılmaya başlayan perdenin ötesinden kan oturmuş gözleriyle beyaz butiği izliyordu. Az önce kapıda annesi belirdi, kafasını öne eğmiş, toprağa bakıyordu. Kızının onu köyde bırakıp, habersizce şehre dönmesine öfkeli olmalıydı. Üzerinde lacivert bol bir elbise vardı. Kafasına ince bir tülbent sarmıştı, bunu sadece başı ağrırken yapardı. Ruso yüzünü buruşturdu.

Sanki cehenneme ortak olmuştu. Kendini kaptırdığı yetmezmiş gibi annesini, babasını da üzmüştü. Utanıyordu elbette.

Kapı sertçe çarptı. Arkasından adım sesleri ve poşet hışırtısı duyuldu. Makvala'nın sesiydi bu. "Nona nerdesin? Al torbaları."

Kız torbaları annesine uzatıp, mutfağa götürmesini söyledi.

Orada duvarın köşesine yaslanmış olan Ruso'nun omzuna dokundu. "Kendine gel, biz geldik herhalde," dedi. Ruso bezgin bakışıyla onu süzdü, ses etmedi. Makvala onun yanağından makas aldı, gülümsedi, "Sen gitme, iyi böyle. Bak annen senin sayende bizi de besliyor. Kapıda her sabah erzak torbası bulunuyor. Yalnız geziye gitmeye az kaldı, seninkilerle barış da harçlık iste."

"Asla!" diye kükredi Ruso ve pencerenin kalın perdesini kabaca çekti.

Ruso o sabah bir terslik olacağını anlamıştı. Nona o gün tuhaf görünüyordu. Evde boş boş dolanıyor, oyalanıyordu.

Akşam saat dört civarında banyoya girip uzun süre çıkmadı.

Makvala evde değildi. Ruso koltuğa oturup kitap okuyor, bir yandan da sık sık lavabonun kapısını endişeyle süzüyordu.

Su sesinin kesileceği yoktu. Ruso telaş içinde lavaboya girdiğinde kadını klozetin kapağını kapatmış, üzerinde öylece otururken buldu. Başını önüne eğmiş, çok üzgündü. Ruso onu omuzlarından tuttu. Gözlerinin içine bakmaya çalıştı.

Kadını sarstı. "İyi misiniz?" diye sordu. Kadın cevap vermedi, gözlerinde yaş belirdi.

"Ağlamayın ben buradayım," dedi Ruso.

"Nasıl yardım edeyim?" Kadın delirmiş gibi bakıyordu.

Ruso onu birkaç kez daha sarstı. Sonunda kadın zar zor konuştu.

"Bu gece kıyamet kopacak, sen burada ol e mi."

"Peki."

Kadının koluna girerek onu oradan kaldırdı, soğuk bir su içirdi. Ruso kadının halinin sebebini gece yarısından sonra anladı. Kocası eve her zamanki saatinde gelmeyince, kadını korku sarmıştı. Bir yerlerde içki içtiğine adı gibi emindi. Gece yarısı dış kapı vuruldu. Arkasından küfür sesleri duyuldu, ardından da Nona'nın ayak sesi... İçeriye giren adam bir şeyler homurdandı. Devrilen eşyaların sesi duyuldu. Ruso korku içinde yatağın içinde oturmuş, pikeyi avuçlayıp çenesinin altına toplamıştı. Yüreği hızla atıyordu. Kavgaları hep alt kattan duyardı. Kavganın tam ortasında hiç bulunmadı. Baştan kaba sözleri, hakaretleri, sonra yerde paramparça dağılmış eşyaların gümbürtüsü duyuldu. Kadın ağlıyor, kocası "Defolup gideceksiniz hayatımdan, hem de hemen!" diye bağırıyordu.

Ardından sertçe vurulan yumruk sesi duyuldu.

Ruso yatağının içinde midesine yumruk yemiş gibi oturuyordu.

Avuçlarıyla kulaklarını tıkıyordu. "Yardım edelim, yardım edelim ," diye sayıklıyordu. Makvala onu çenesinden tutup sarstı.

"Kalk ve giyin!" diye bağırdı. Ruso saf saf sağa sola bakındı. Bu gece felaket olacak. Sen burada ol e mi, cümlesi kulağında çınladı. Korku ve vicdan arasında kalmıştı. Ne yapacağını bilmiyordu.

Makvala aynanın karşısında pantolonuna sığmaya çalışıyordu. Birkaç kilo almıştı. Saçını tarıyor, ruj sürüyordu. Bu arada evdeki kavga da şiddetleniyordu. Makvala saf saf bakan Ruso'nun koluna yapıştı. Onu yataktan aşağı çekti ve bağırdı.

"Hadi giyin ne bekliyorsun!" Ruso üzerine elbiseyi nasıl geçirdiğini bilemedi. Makvala kapıyı tekmeleyip arkasından Ruso'yu sürükleyerek koşmaya başladı. Ruso kafasını çevirdiğinde, Nona'nın yalvaran gözleriyle karşılaştı. Gözlerinde suçlayıcı bir ifade vardı. Ruso endişeyle yutkundu. Orda öylece kaldı.

Adam salonun tam ortasında kanlar içinde yatan Nona'nın tepesinde dikilmişti. Elindeki kemeri kadının bedenine indiriyordu.

Zavallı kadın, yerde adama yalvarırcasına bakıyordu.

Makvala Ruso'yu kolundan çekiştirdi. Ruso kadının kanlı eteğine basıp arkadaşını takip etti. Bir an Makvala durakladı, yerden annesinin cep telefonunu aldı. Arkasından sertçe çarpan kapının sesi duyuldu. Sokağa inen merdivenlerde koşuyorlardı.

Ruso annesinin sesini işitti. "Ruso, kızım!" Durakladı. Hafifçe eğilip dizlerine tutundu. Nefes nefese kalmıştı. Sesin geldiği yöne baktı, kimseyi göremedi. Makvala'ya elindeki cep telefonuna, ezbere bildiği numarayı tuşluyordu.

Ruso öfke ile kızı iteledi, "Neden aldın kadının telefonunu! Onu öylece bırakıp kaçtık. Ona yardım edebilirdik. Ama kaçtık. Alçakça kaçtık.

Üstelik telefonu da aldın. Belki fırsat bulup birinden yardım isterdi. Senin yüzünden ölebilir!"

"Benim yüzümden ha! Ne güzel! Bir gün bir aptal yuvam olsun diye evlenir. Sırf yakışıklı hovarda evden kaçmasın diye ondan bir çocuk doğurur ve suçlu burada ben mi oluyorum ha, öyle mi?

Makvala öfke ile soluyordu. Ruso tit tir titriyordu. Kulaklarında o sesler çınlıyordu. Ağlamıyordu ama içi yanıyordu. Makvala'yı takip etti. O an kendine ona benzediğini itiraf ediyordu, bundan korktuğunu da...

Yanlarında beyaz bir araba durdu. Arka kapı açıldı. Ruso Makvala'ya kim olduğunu sormaya bile fırsat bulmadan kendini arabanın içinde buldu. Makvala sarışın orta yaşlı adamla merhabalaştı. Her şey çok hızlı ilerliyordu. Birkaç kilometre ötede beyaz ışıklarla aydınlanmış olan dört katlı binanın önünde durdular. Kimse konuşmuyordu. Gecenin sessizliğini bozan sokağın bir köşesinde köpekler uğulduyordu. Arabanın kapıları hızla açıldı, üçü de arabadan indiler. Adam apartmanın ikinci katındaki binanın kapısını açtı. Kızları içeri davet etti. Ruso gayet rahat tavırlarla yürüyen Makvala'yı takip etti. Adam anahtarları masaya fırlattı. "Karnınız aç mı?" diye sordu, kızları süzerek. Ruso kafasını yere eğdi. Makvala, "Meyve suyu içeriz," dedi ve kırmızı koltukların birine yerleşti. El işareti ile Ruso'ya da oturmasını emretti. Ruso koltuğa oturdu. Ellerini dizlerinin ortasında topladı ve yaşananları düşünmeye başladı.

Kimdi bu adam? Makvala bu adamı nereden tanıyordu?

Bu sorular Ruso'yu telaşa sürüklüyordu. Önlerine meyve suyu ve bisküvi geldi. Kısa tanışma faslında Ruso adamın adının Duro olduğunu öğrenmiş oldu, hepsi bu kadar. Kızlara oturma odasında yatacak yer hazırlandı. Ev temiz, mobilyalarsa yeniydi. Geniş koltuğa beyaz çarşaf serildi. İki kaz tüyü yastık geldi. Makvala kendini yatağa bıraktı. Başının altında ellerini kavuşturup tepesinde yanan avizenin lambasına gözünü dikti. Ruso yatağının içinde oturmuş çenesini neredeyse dizlerine dayamıştı. Şaşkın, şaşkın Makvala'nın sakin, hatta sevinçli denebilecek yüzünü inceliyordu. Aralarında koca bir duvar, koca bir soru işareti olmasına rağmen nasıl oluyordu da onun yanında kalıyordu, aklı ermiyordu. Yatağa kendini bıraktı. Gözlerini yumdu. Nona'nın yalvaran gözleri gözünün önünden gitmiyordu. Gözlerini hızlıca açtı. İç geçirdi. Uyumamaya karar verdi. O geceyi yarı uyur yarı uyanık geçirdi. Sabaha karşı gözlerini açtığında Makvala karşısında dikiliyordu. Dudakları öpülmekten kızarmış, kıpkırmızıydı ve saçı başı dağınık görünüyordu ama gözleri sevinçten parlıyordu. "İyi uyudun. Lavoboya kalkmıştım. Sana seslendim duymadın."

Ev sahibi, onları buraya getiren adam Duro'ydu ve kahvaltı sofrasını şarkılar mırıldanarak kuruyordu. Makvala dün gece kırmış olduğu tırnağını törpülüyordu. Ruso saate bakarken, Nona'nın etkisinden kurtulmaya çalışıyordu.

5

Okul öğrencileri taşımak için beyaz bir otobüs kiralamıştı.

Sabah sekizde okulun bahçesinde buluşulacaktı. O gün yeri göğü sarsan bir fırtına vardı. Sanki dünya birden harekete geçmiş de olabilecek felaketlere pabuç bırakmamak için direniyordu. Ruso sakindi. Ona verilen projeyi uygulamakla meşguldü. Sadece bildiği çizgi üzerinde ilerliyordu. Ama bir farkla, onu karşılayan sonra da terk eden beş katlı eski, yıpranmış beton binaları artık görmüyordu. Yaklaşmak üzere olan kalabalığı bezgin bakışlarla süzdü. O gün herkes çok şıktı. Rengârenk elbiseler giyilmiş, tokalar takılmış, saçlar özenerek taranmıştı. Herkesin yüzünde gülümseme vardı. Ruso ise üzerini giydiğinden bile habersizdi. Kendini öylesine bir süzdü. Sonra Makvala'ya bir baktı. Makvala dün akşamdan beri telaşlıydı, saçıyla uğraşıyordu. Makvala annesine sert çıkmış, "Sakın beni uğurlama," diye azarlamıştı onu. Zavallı kadın onu kalabalığın arasından bir yabancı gibi izliyordu.

Ruso birkaç kez onu fark etmişti. Ruso Makvala'yı annesinden utandığı için kınıyordu. Ya ben ne yapıyorum diye sordu kendine. Annesini terk etmişti. Birden duraklayıp göğe baktı.

"Lanet olsun. Neden yaşandı bütün bunlar?" Makvala onu çekiştirdi. "Haydi, otobüsün arka sıralarında oturmaya niyetim yok. Yürü." Ruso gayretle birkaç adım attı. "Annem gelmedi.

Yapayalnızım," diye mırıldandı.

Otobüse bindiklerinde kahkahalar, konuşmalar duyuluyordu. Koyu lacivert koltuklara yerleştiler. Otobüs hareket etmeye başladı ve penceresinde bitkin, ağlamaklı bir yüz belirdi. Aradığı yüzdü bu ama karalanmış gibi, bitkin ağlamaklıydı. Sadece bir kez kızına bakarak gözlerini sevgi ile sıkı sıkı yumdu. Sonra kayboldu. Otobüs rüzgârı, sıcağı yarıp, arkasında tozlu yolları, apartmanları, fakir mağazaları, kirli arabaları, şehrin sonunu belirten tabelaları, köyleri, köylüleri ardında bırakarak hızla hareket etti. İçeride neşe patlaması yaşanıyordu.

Yüksek sesle şarkılar söyleniyor, alkışlar kopuyordu.

Derken, Tiflis yazısını gösteren bir tabela göründü. Yorgun şehrin geniş ana yolları, sağdan soldan uzanan evler, pembe, mavi, sarı renklerle boyanmıştı. Dar balkonlardan çiçekler sallanıyordu.

"Aman Tanrım, buraların güzeliye bir bakın. Her yeri süslemişler. Kesin bizim için yaptılar bunca hazırlığı," dedi biri.

"Saçmalama," dedi öteki. "Şehir bizim için süslenmedi. Amerika içindir bütün bu hazırlıkları. Onların gözüne girmek içindir kesin."

Tiflis'in meşhur sokaklarından birindeki üç yıldızlı bir otelde ağırlandılar. Pırıltılı avizelerin altında bol ışıklı resepsiyona girdiler.

Kayıt yapılırken kahverengi deri koltuklarda soluklandılar.

Odaları dört kişilikti, beyaza boyanmış, beyaz eşyalarla döşenmişti. Açık balkon kapısından içeri şehrin gürültüsü, egzoz kokuları ve kızgın güneşin sıcaklığı giriyordu.

Ruso beyaz çarşafla kaplı yatak ucuna oturdu. Ayakların altına koyduğu valize boş boş bakıp öğretmenin dediğini anımsıyordu.

"Çantanızı unutmuşsunuz küçük hanım, anneniz size vermemi söyledi."

"Açmayacak mısın?" diye sordu Makvala.

"Hayır." Buz gibi sesiyle yanıtladı Ruso.

Az sonra odaya misafir iki kız girdi. "Merhaba!" dediler Gürcüceyi zar zor konuşarak. Sarışın olan upuzun ama sevimli bir yüze sahipti. Adı Elli idi. Elinde kırmızı valizi vardı.

Onun arkasında duransa çilli yüzlü, kızılımsı kısa saçlı, hafif tombuldu. Ona Ket, diyorlardı. Gülümsüyordu. Omzuna kocaman kelebek dövmesi yaptırmıştı. Burnuna ve göbeğine piercing taktırmıştı. Onun valizi diğerinkinden büyüktü. Pullu bir el çantası vardı. Ruso onlara yatacak beyaz örtülü yatakları göstermekle meşgulken, Makvala tepkisizdi. Kızlara odaya izinsiz giren düşmanlarmış gibi bakıyordu. "Şanslılar sizi," diye söylendi. Ruso ses etmedi. Arkadaşını iyi tanıyordu. Kendini kimseden aşağı görmeyi sevmezdi. Kıskanır, fesatlaşırdı. Şimdi de öyle olduğu besbelliydi.

Öğlen yemeğini otelin restoranında upuzun masanın çevresinde toplanarak yediler. Herkes birbiriyle tanışmıştı.

Yemekten sonra otelin geniş, koltuklarına yerleşen öğrenciler, koyu bir sohbete daldı. Herkes bildiğini en doğru şekilde dile getirmeye çalışıyordu. Birbirlerine yolladıkları kartpostalları gösterip okudukları kitaplardan bahsediyorlardı. İki kişi Gürcüce şarkılar söyledi. Alkışlandılar. Onlara katılan genç öğretmen, "Tiflis'in tarihsel dokusu kesinlikle görünmeye değer bir ortam sunmaktadır arkadaşlar. Bu anları ölümsüzleştirmek isteyenler yanına fotoğraf makinesini alsın," dedi ve gruba hazırlık için sadece on beş dakika verdi. On beş dakika sonra hepsi başında şapkaları, güneş gözlükleri ve fotoğraf makineleriyle otelin kapısının önüne inmişti. Birbirlerini takip ederek Tiflis sokaklarını tanımaya çalışıp beğendikleri yerleri fotoğraflamaya başladılar.

"Kura Nehri'nin ortadan ikiye böldüğü şehir, eski ve yeni olarak ikiye ayrılmaktadır," dedi öğretmen ve yeşil tepeciklerin arasında yerleşen eski, fakat restore edilen evlere doğru parmağını uzattı. Asma balkonları olan evlerde kalın ahşap kolonlar, işlemeli balkon kenarları, dar fakat sık sıralanan camlar, yeni moda renklerle yenilenmişti. Altta geniş ve trafiği yoğun bir yol geçiyordu.

Biri kulakları sağır eden bir çığlık attı. Çevreden kaçan bakışları üzerine toplayan Elli'ydi. Kızın yüzü bembeyazdı.

Makvala'nın elleri ise hâlâ onun omuzlarındaydı.

"Onu nehre atacağımı sanmadınız herhalde," diye geveledi ve ellerini çekti. "Çok yersiz bir şaka," diye geveledi biri.

"Ah, ne nazlılarmış bu insanlar," dedi Makvala gözlerini nefretle kısarak. Ortama derin bir sessizlik çöktü. Sessizliği bozan öğretmen oldu. "Bugün hava çok bunaltıcı. " Bu arada herkes Makvala'ya bakıyordu. Ruso annesinin dediğini anımsadı. "Onun bir yüzü melek, öbür yüzü şeytan, bunu unutma."

Renkli mermerlerle süslenmiş yüksek binalar, dev beton heykeller, insan yığını, araba yükü taşıyan yolar, yolun kıyısında tek sıra uzanan çınar ağaçları, üniformalar giyinmiş polisler, yorgun telaşlı yüzler, dolup taşan duraklar ve ışıldayan sokak lambalarıyla şehir pırıl pırıl parlıyordu.

"Dışı seni yakar, içi beni," dedi Ruso. "Annem anlatmasaydı ben de bu yabancılar gibi bu güzelliğe kanardım," dedi.

Annesinin babasına, "Çok kötü bir devirde yaşıyoruz. Kızımızın geleceği söz konusu olunca uykularım kaçıyor," sözleri çınladı Ruso'nun kulaklarında.

Biri onu kolundan çekiştirdi. Bu Makvala değildi. "Herkes pastaneye çoktan girdi Ruso," dedi sarışın kız kendi dilinde.

Ruso onu izledi. Öğrenciler konuşan İliya'yı dinliyordu. Ruso oturduğunda öğretmenleri konuşuyordu.

"Kentin Gürcüce adı Tbilisi'nin bir efsaneden geldiği kabul edilir. Bu efsaneye göre Tiflis MÖ 5. yüzyılda ormanlarla kaplı bir yerdi. Bir gün Kral Vahtank Gorgasal ava çıkar. Aralıksız uçan sürünün peşine eğitilmiş atmacasını salar. Aradan zaman geçer. Ne atmaca ne de sülün görünürde yoktur. Onları aramaya başlar ve kısa bir süre sonra ikisini de sıcak suya düşmüş olarak bulur. Kral burayı çok beğenir ve burada bir kent kurmalarını buyurur. Kente orada bulunan Tsheli (sıcak) ya da eskiden söylendiği gibi Tpili (sıcak) sudan dolayı Tpilisi ya da Tbilisi adı verilir."

6

Ruso elindeki sinema biletini buruşturduğundan habersiz, sinema salonuna vardı. Dev ekranda yazılar belirdi.

Askerler göründü. Silahlar patladı. Ruso titriyordu. Neden savaş filmi seçtiklerini düşünmekteydi. Bu soruyu Makvala'ya sormak için kafasını ona doğru çevirdi, ama sustu. Makvala'nın ciddi yüzünde dev ekranın ışıkları geziniyordu. Korkudan kasılmış, fal taşı gibi açılmış gözlerini ekrana, birbirlerine ateş eden askerlere dikmiş ve soğuk düşüncelerin nehrine akmıştı.

Her askeri seven ve bekleyen birileri vardır. Ama bakıyoruz da savaş herkesin içine bir canavar yarattı. Hayat bir mermi değerinde ne yazık ki, acımasız ve soğuk, diye mırıldandı Ruso. Neden bir insan insanı öldürsün? Neden kan dökülsün? Ruso alnındaki soğuk ter baloncuklarını elinin tersiyle sildi. Kalkıp oradan koşmak istedi ama nezaketinden dolayı orada olmak zorundaydı.

Hem bu sadece film değil miydi? Annesini anımsadı, koynunda savaş filmi izlediği anları... O zaman da nefret ediyordu bu tarz filmlerden. O zaman da titriyor, uykuları kaçıyordu ama o zaman çok inandığı annesi yanındaydı ve onu teselli etmeyi başarıyordu. "Korkma bunlar sadece film." Ya gerçek hayatta? Bu soruyu şimdi de soruyordu. Demek bir zamanlar bunlar gerçekti. Savaş sanki gözünün önünde canlanıyordu.

Havada uçuşan kol ve bacaklar insanlara aitti. Korkudan ecel terleri döküyordu Ruso. Gözlerini perdeden çevirdi. Burada onu teselli edecek kimse yoktu. Annesi yoktu. Annesi, "Artık savaş olmaz. Olsa da çok şiddetli olmaz. Tanklarla tüfeklerle uğraşmazlar," demişti.

***

Tina Ruso'nun boş yatağına oturmuş gözlerini boşluğa sabitlemişti. Yorgun zihnini dinlendiriyordu. Birden zeminin uğuldadığını, sarsıldığını hissetti. Korkuyla irkildi. Tırnaklarını mor çiçekli çarşafa geçirdi. Hayal gördüğünü sandı ama ses yükselip şiddetleniyor, sarsıntı kuvvetleniyordu. Oturduğu yerden sıçradı. Tepesindeki avize cehennemin ortasına düşecekmiş gibi sallanıyordu. Karşı duvarda yaldızlı çerçevenin içinde sağa sola sallanan Ruso'nun fotoğrafı yere düşüp kırıldı. Kadın onu kucaklamak için koşup yere eğildi. Birden kulakları sağır eden bir patlama sesi duyuldu. Camlar kırılıyor, parçaları üzerine düşüyordu. Tina yere yuvarlandı, yaralanmıştı. Mutfak dolapları büyük bir gürültü ile yere indi.

Kadın oturduğu yerden sıçradı, can havliyle cama koştu. Bir patlama daha... Kara duman ve ateş butiği sarmış, çiçek desenli duvar çoktan yıkılmıştı. Ortalık alev alev yanıyordu. Dışarda cehennem yaşanıyordu. Tina, "Alika, Alika," diye bağırdı. Bir patlama daha....

Ve bu onun son sözleri olmuştu.

Nona bir elinde kocasının kirli yıpranmış ayakkabısının tekini tutup, öbür eli ile üzerine siyah boyayı sıvamayı çalışıyordu. Kocasının nereye gideceğini tahmin etse de belki hayatında ilk kez bir şeyi bilmemekten memnundu. O anda başlayan vahşet patlamalar onun da sonu oldu. Yerinden kıpırdayamamıştı bile. Ayakkabı teki elinden savruldu, ortalık mahşer yeri gibiydi.

***

Filmin jeneriği görünmeden sinema salonunda ışıklar yandı. Kalabalık izdiham halinde dış kapıya ilerliyordu. Girişte onları güleryüzle karşılayan görevlinin yüzü asıktı. Sokaklar grileşmeye başlamıştı. Bu saatlerde tıklım tıklım dolu olan sokaklar şimdi bomboştu, sanki dünya ters dönmüş, tüm canlıları dibine, görünmez bir yere çekmişti. Yolun ortasında hızla geçen polis arabaları, askeriye kamyonetleri belirdi. Ruso felaketi hisseder gibi oldu. Gördüğü savaş filminin etkisinden kurtulamadığını düşünse de bir şeylerin ters gittiği ortadaydı.

Hızla yürüyen arkadaşlarının adımlarını takip etti. Normal bir güne göre çok tenha olan metroya girdiler. Ayakta birkaç kişi vardı ve biri radyo dinliyordu.

"Başkente yaklaşık yüz elli kilometre mesafedeki Güney Osetya bölgesinde yaşanan sıcak çatışma haberlerini yakından takip ediyoruz. Rusya Gürcistan'a karşı hava saldırılarını arttırıyor.

Çok sayıda ölü ve yaralı sivil var."

Ruso'nun aklı başından gitmişti sanki. "Anne," dedi sessizce. İçi yanıyordu. Bağırdı, ağladı ama bir türlü sakinleşemiyor, annesinin akıbetini merak ediyordu. Öğretmen yanına koştu ve onu sakinleştirmeye çalıştı ama boşunaydı. "Gori'ye gideceğim," dedi Ruso. Öğretmen, "Unut bunu," dedi, "en azından savaş bitene kadar."

Otel odasında vahşi bir karmaşa başlamıştı. Makvala duvarları yumrukluyor, kendine hâkim olamıyordu. Bir yandan da sevdiklerinin hayatta olması için dua ediyordu. Elli kırmızı valizinin içine elbiselerini sokuşturuyordu. Keti duvara yaslanmış, elindeki telefonunla oynuyordu ki telefon çaldı. "Alo anne, bir bilsen ne haldeyim! Uçuşlar da iptal oldu. Kahrolası savaş, benim tatile çıkmamı beklemiş. Buraya gelmekle hata ettim. Gürcüler memleketinin reklamlarını ne de iyi yapmışlar. Sen bile meraklandın değil mi? Bana buraya gelmem için az dil dökmedin. Bir bilsen burada rezillik, sefillik diz boyu.

Gözlerimizi boyamayı ne de güzel başardılar. Bunlar bizim gücümüzün peşinde, bak söylüyorum sana!" Makvala kızın bu sözleri üzerine duvarı daha kuvvetli yumruklamaya başlamıştı. Acısı sabır göstermesine engel oluyordu. Sonunda sabredemedi kıza doğru döndü. Çıplak duvara sırtını yasladı. Bu kez hararetle konuşan bu kıza kaşlarının altından bakıyor, diş biliyordu. Ama yine de sustu.

Keti'nin yüzü sinirden kızarmıştı.

"Bunlar askerleri satmışlar anne, yakında kendilerini de satarlar."

Makvala artık kontrolden çıkmıştı. Kızın üzerine vahşi bir hayvan gibi atladı. Kız boylu boyunca yere serilmiş, Makvala'nın darbelerinden kendini korumaya çalışıyordu.

Kız gözlerini açabildiği kadar açmış, ona yalvarırcasına bakıyordu. Ama Makvala'yı tanımıyordu. Makvala kendini kaybettiğinde öfkesini dindirmeden durmazdı. Durmuyordu zaten Keti'nin çığlıkları telefondaki annesinin çığlıklarına karışmıştı. Birileri Makvala'ya engel olmaya çalıştıysa da başarılı olamadı. Az sonra kapı yumruklanmaya başladı. Donup kalmış olan Ruso ancak kendine gelebildi, kapıya koştu. Otel görevlileri olaya müdahale etmiş, Makvala'yı durdurmuştu. O gün otele psikolog çağırıldı. Radyodan haberler yayılmaya devam ediyordu. Gürcü askeri kuvvetlerinin, resmen Gürcistan'ın bir parçası olan ayrılıkçı ve isyancı özerk Güney Osetya'ya girmesinin ardından başlayan çatışma büyüdü. Rusya'nın kendi vatandaşlarını korumak bahanesiyle Gürcistan'ı bombardımana tutması, Rus ordusunun sınırı geçmesi, sayısı tam olarak bilinemeyen binlerce sivilin ölümden söz edilmesi dünyayı bir anda soğuk savaş yıllarına döndürdü. Rus uçaklarının bombaladığı Gori kenti yerle bir oldu.

7

ışarıda kavurucu bir sıcak vardı. Otel odasının da dışarıdan farkı yoktu. Ruso yatağının içinde iki büklüm oturmuş, bir ileri bir geri sallanıyordu. Yemiyor, içmiyor, konuşmuyor, sadece yanındaki yatakta uyuşmuş gibi yatan Makvala'yi süzüyordu. Dışarıdan konuşma sesleri duyuldu. Az sonra bu kapı da aralanacaktı. Öğretmen kendini nafile yere yorup kızları teselli etmeye çalışacaktı. Ruso'nun düşündüğü gerçekleşti. Kapı çalındı, içeriye iki kişi girdi. Biri öğretmenleri, diğeri ise sıska psikologtu. Öğretmen nasıl olduklarını sordu, kafalarını sallamakla yetindiler. Piskolog kızların karşısına oturdu ve dudaklarını yalayarak konuşmayı başladı.

"Gerçekleri bilmeden zihnini yorman doğru değil." Hangi gerçeklerden bahsediyor acaba diye düşünüyordu Ruso.

Makvala yüzünü ekşitip kadına saldırmaya hazır bir tavırla öne eğildi. Bakışlarından öfke taşıyordu. Ellerini savura savura bağırmaya başladı.

"Ne diyorsunuz siz! Gori bombalandı. Hayatta kalan var mı belli değil. Annemden, babamdan, arkadaşlardan haber yok.

Defolun buradan! Boş tesellilerinize ihtiyacımız yok!

Gerçekleri söylemeye ne dersin, askerlerin hâlâ direndiğini, sivillerin de onlara katıldığını söylüyorlar ve Gori'nin yerle bir olduğunu... Bunu söylemeye cesaretin yok değil mi, çünkü sana yakışmaz. Bizi yalanlarla avutma doktor, sıkıyorsa gerçekleri anlat."

"Dur bir dinle." Defalarca bu kelimeleri tekrar eden doktor üzerine yürüyen Makvala'dan uzaklaşmak için geri adım atıyordu.

Sonunda kapıyı arkadan çekerek odadan çıktı. Öğretmen iki dakika daha içerde kaldı. Makvala'ya sakin bir ses tonu ile her şeyin yoluna gireceğini söylüyordu, ama kız onu dinlemiyor, duymuyordu. Ruso öğretmenin söylene söylene attığı adımlara bakakaldı. Sertçe çarpan kapının sesiyle sıçradı. Ruso Makvala'nın delirmiş hallerini izliyor, gözyaşlarını siliyordu. Şansa güveniyor, Tanrı'ya yalvarıp dua ediyordu.

Kız elini annesinin onun için hazırladığı çantasına uzattı. Onu kucağına aldı. Sıkı sıkı sarıldı. "Ah Tanrım, yardım et," dedi.

"Ailemi koru." Kız çantanın fermuarını eli titreyerek açtı.

Üstte duran kurabiye kutusunu gördü. Kurabiye kutusuna düşen gözyaşlarını kutuya hafifçe dokunarak sildi. Kutuyu açtı. İçinde her zaman beraber pişirdikleri kelebek şeklinde kurabiyeler vardı ama bu kez hamurdan kelebekleri o çıkarmadı. Tepsiye de sıralamadı. Annesini yalnız bırakmıştı. Altta onun çok sevdiği giysileri, sabun havlu ve havlunun içinde sarılı tablo vardı. Beyaz çerçeveli, kurutulmuş kelebeklerin tablosu. Ruso'nun kurutulmuş kelebekleri. Ruso tabloyu kucakladı.

İç geçirdi. Gözyaşlarını silerken arkasındaki yazıyı okumaya başladı.

Merhaba kızım, sen de bu kurutulmuş kelebekler gibi bana ait değilmişsin meğer. Ben seni kendi hayatımda hapsetmişim yavrum. Dünya tatlısı bir evlada sahipken bencilce davranmışım. Yemin ederim ki, seni asla incitmek istemezdim. Özür dilerim! Sevginin de bu kurutulmuş kelebekler gibi özgürlüğün evladi olduğunu düşünemediği için özür dilerim canım kızım.

Annen.

***

Dört gün süren kanlı çatışmalardan sonra "Güney Osetya'da Beklenmeyen Savaş" sözleriyle görüşünü baş sayfadan dile getiren komünist L'Humanite savaşın Kafkasya'daki stratejik çıkar mücadelelerinin merkezi olduğunu vurgulamıştı. Mihail Saakaşvili'nin Güney Osetya'ya askeri müdahalesine Rusya'nın şiddetle karşılık vermesinin buna zemin hazırladığını, durumu provoke ettiğini belirtmişti.

***

Sofrada sadece üç kişiydiler: Ruso, Makvala ve Gogia.

Otelin klasik kahvaltı tabakları önlerine geldi. "Çay mı kahve mi?"diye soran garsonların bakışları yorgundu. Herkes savaşa isyan ediyor ama bunu dile getirmeye cesaret edemiyordu.

Ruso tabağını bezginlikle süzdü. Çatala eli gitmiyordu. Makvala elindeki çatalla yumurtayı didikliyordu. Başını önüne eğmişti.

"Kurtulan evladına sahip çıkıyor," diye kısık sesle söylendi ve arkadaşlarının yüzünde bir cevap aradı.

"Saçmalama!" dedi Ruso. Kendini buna inandıramazsın.

"Öyleyse neredeler? Bak kaç kişi kaldık. Diğerlerinin aileleri geldi ama bizimkiler yok. Öldüler, öldüler işte!" diyerek masayı yumruklamaya başladı. Yanına koşan garsonlar onu zapt etmeye çalıştı. Kollarını tuttular.

"Doğru söylüyor," dedi Gogia ve elindeki çatalı masanın üzerine fırlattı.

"Belki hastanededirler ve gelemiyorlardır," diye geveledi Ruso, kederden düğümlenmiş boğazını zorlayarak.

"Umarım," diye geveledi garsonlardan biri.

Ruso savaşın bittiğini öğrenince derin bir soluk aldı ama bu bütün sorunlarının çözüldüğü anlamında da gelmiyordu.

Öğretmen yarın Gori'ye döneceklerinden bahsetti ama Ruso sevinmiyor, tersine korkuları artıyordu. O gece otelin penceresinden kararmış gökte parlayan yıldızları izledi. Kimi hâlâ orada, kimi sönüktü. Soru işaretleri zihnini kemiriyordu. Bana yalan söyledin anne, hani savaş olmayacaktı... Beni kandırdın anne, diye düşündü. Annesinin son halini anımsadı. Merhametle sevgiyle ona bakmıştı. Kolundaki saate baktı. Sabaha daha çok vardı. Yatağına yattı ve güneş doğana kadar karışık hisleriyle cebelleşti. Gökyüzü hava, toprak bir canavarın eli ile ters yüz edilmiş gibiydi. Azrail burada ruhsuz soluksuz bir şehir inşa etmiş, her şeyi gri kül yığınına teslim etmişti.

Ruso başını cama dayadı. Enkazların üzerinde gezinen sefil insanlar gözünün önünde canlanıyordu. Günlerdir ağlamaktan yanan gözlerini ovuşturdu. "Tanrım bana sabır ver," dedi.

Otobüs yavaşlayıp durunca Ruso adımını tank izleriyle dolan toprağa attı ve koşmaya başladı. Bütün kuvvetiyle, soluğu tıkanırcasına koşuyordu. Şakakları zonkluyordu, kulaklarında bir uğultu... Annesinin yumuşak sesi, ağlamaları, isyanları, sirenler, patlamalar kulaklarında uğulduyordu. Başını ellerinin arasına alıp gözünü kapadı. Bu cehennemden çıkmak istiyordu. Eve yaklaştığında karşıda bir enkaz gördü, evin perdelerini tanımıştı. Yaklaştığında Nona'nın yerde yatan cesediyle karşılaştı. Çığlık çığlığa ağlıyordu. Gözü kararmış, enkazın üzerine kapanmışken biri omzuna dokundu. Makvala omzuna dokundu. "Boşver, üzülme," dedi. Muhtar cesetleri almak için kimsenin gelmediğini, bu yüzden diğerlerinin de kimsesizler mezarlığına gömüldüğünü söyledi. Ailesi, hayatı, mazisi şehrin bombalanmasıyla tarihe gömülmüştü Rosu'nun gözünden yaş boşaldı. Makvala'nın yüzü sararmıştı. Yere yığılıp öfkeyle çığlık atmaya başladı.

8

14 Ağustos 2008

Dolmuş oldukça eski idi. Siyah koltuklar toz ve kirden griye dönüşmüştü. Yırtık yerlerinden sarı süngerler pis pis sırıtıyordu. Saati dolmak üzere idi. Savaştan perişan insanlar yavaş yavaş dolmuştaki yerlerini almaya başlamıştı. Hemen hemen herkes ucuz gazoz şişelerinin içinde yolda içmek için su almıştı. Ruso Makvala'yı dürttü:

"Haydi. Makvala binmek zorundayız."

"Bunun iyi bir fikir olduğundan emin misin?" diye sordu Makvala.

"Başka şansımız var mı?" dedi Ruso ve kıza oturacağı yeri gösterdi.

Dolmuş hareket ettiğinde içeride toz ve ter kokusu yükseliyordu. Makvala'nın yüzü memnuniyetsizlikten buruştukça buruştu. "Ninen seni ister mi?" diye sordu. Ruso durakladı.

Bir müddet sustuktan sonra, "İyidir anneannem," dedi ama buna kendisi de inanmıyordu. "O senin kanından değil," dediği günü hatırladı. Köy meydanında inmek istemeyen Ruso, dolmuşu Kvirike'nin girişinde durdurdu. Ayağını sürükleyerek indi.

Onu takip eden Makvala hiç konuşmadı. Köyün dönemeçli yollarını zorlukla yürüdüler. Ruso bahçenin kapı ağzında durakladı. En son annesi ile gelmişti buraya ve onu burada terk edip kaçmıştı. Çok yanlış yaptığını şu an anlıyordu. Yaptıklarının geri dönüşü olmadığından içi kan ağlıyordu. Annesi yaşasaydı onu affedebilirdi ama o yoktu. Bundan şüphe duyuyordu. "Hayırlısı," diye mırıldanıp bahçe kapısını araladı.

Ortalıkta kimseler görünmüyordu. Ruso evin gıcırdayan kapısını itti.

Nine eski, boyası aşınmış taburenin üzerinde oturuyordu.

Kızları görünce gür, gri kaşlarının altından memnuniyetsiz, soğuk, kızgın bir bakış attı. Asabiyetle homurdandı. Elinde bir mendil, sürekli terleyen oğlunun bitkin, kurumuş yüzünü siliyordu. Ruso'nun kanı çekilmişti sanki. Elindeki valiz yere düştü.

"Anneanne sana geldim," dedi. Yaşlı kadın başını çevirip bakmadı bile. Yanağında gözyaşları belirdi.

"Annen öldü, cesedi bile yok!" dedi. Gözyaşlarını elin tersiyle sildi ve yatağın içinde bir deri bir kemik kalmış, sararmış oğlunu gösterdi. "Ben kimselere bakamam, halim ortada," dedi ve kızları soğuk bakışıyla süzdü.

Ruso hiç yapmadığı bir şey yapmak zorunda kaldı. Kadının sözlerini duymazdan geldi çünkü gidecek başka yeri yoktu. Makvala huzursuzca kaş göz işareti yaptı, aldırma demek istercesine. Kısık sesle, "Tarlada çalışırım," dedi. Makvala ona ters ters baktı.

"Teyzen bugün tarlaya sarımsak sökmeye gitti. O işi bile zar zor aldı, anlıyor musun, insanlar aç. Seni kim işe alır? Bir günlük iş için birbirlerini boğazlayabilirler."

Akşam sert rüzgâr sıcak havayı fırtınaya çevirmişti. Çevreden tuhaf sesler geliyor, kapılar çarpıyordu. Kimseler kıpırdamıyordu. Ara sıra bir hastanın inleme sesi duyuluyordu. Kapı açıldı. İçeriye Ruso'nun evde kalmış teyzesi girdi. Başına rengi soluk bir yemeni bağlamıştı. Yüzündeki tırnak izi kanıyordu.

Hem sinirleri bozuktu, hem de yorgun bakıyordu. Epey zayıflamış, kırışıklıkları derinleşmişti. Kahverengi gözleri çökmüş, kaşları kalınlaşmıştı. Minik ağzı uçuklar içindeydi. Kızları şöyle bir süzdü. Annesine hesap sorar gibi baktı ve anlatacaklarını abartarak, bağırarak, ağlayarak anlatmaya koyuldu.

"Ben sana beni oraya yollama demiştim değil mi! Şu halime bak, saldırdılar bana. Saçımı başımı yoldular. Bir daha gelmeyeyim diye hayvan gibi saldırdılar. Benim de çalışmam lazım, kardeşime ilaç lazım desem de umurlarında olmadı.

Zaten özürlüymüş, hastaymış, çok mu lazımmış! Ben inada bindirince tekme tokat giriştiler. Alay ettiler benimle. Annem para gelecekse ölüyü bile diriltirmiş, öyle dediler."

"Vicdansızlar! Benim gül gibi kızım gitmiş. Elimden bir şey mi geldi sanki! Onu toprak aldı bunu da mı vereyim."

Nine ağlama krizine tutulmuştu. Kızı dizlerinin üzerine çöküp ona sarılmıştı. Ruso ve Makvala şaşkınlıkla onları izliyordu. Ertesi gün alt kattan yüreği paramparça eden çığlıklar duyuldu. O sabah hasta oğlu ölmüştü. Ruso üzerinde pijamalarının olduğunu unutup alt kata koştu. Yaşlı kadın oğlunun üzerine kapaklanmış ağlayıp dövünüyordu. Az sonra ev insanlarla dolup taştı. Oracıkta ruh pazarlığı başladı. Marangoz tabut yapmak için kırk lari istemişti. Kır saçlı adam, "Cenaze için masa sandalye kiralamaya lüzum yok, ben size köyün göbeğinde yaptırdığım salonu elli lariye kiraya vereyim, rahat edin," demişti.

"Benim kuzularım tam kıvamında, ben size kilosu dört lariden vereyim istediğiniz kadar. Ekmek pişireceğim diye uğraşma, unun varsa yirmi lari yeter. Ben yüzde on faizle para veriyorum," diye kulağına fısıldadı köyün zengin bir adamı.

"Köylülere rezil mi olalım aç, çulsuz diye. Gerekeni yapmak zorundayız. Nasıl olsa yardım parası alırız, onunla borçları öderiz," dedi nine ve teklifleri kabul etti.

Tabut yeşildi, taşıma meraklısı da çoktu. Elden ele geçiyordu tabut. Ölüm elden ele geçiyordu. O gün köyde aç kalan kendini oraya atmıştı. Çoğu kişi üzüntüyü kuru sözlerle geçiştirdi. Zarf uzatan ise azdı. Borçlar borç olarak kaldı. Kısa bir sürede alacaklılar kapıya dayanıp para istemeye başlayınca nine evdeki eşyaları satmak zorunda kaldı.

Ruso' nun gırtlağında koca bir yumruk oturmuş, onu boğuyordu. Olanları izleyip vahşi gerçekleri kavramaya çalışıyordu. Elinden bir şey gelmeyince kahroluyordu. Makvala ise onu dürtüp, "Buralarda durulmaz, gidelim buradan," diyordu.

O sabah Ruso bahçenin ortasında eski yanık kiremitlerden yapılma tuvaletin tahta kapısını araladı. Beton tabana yerleşen iki tuğlanın ortasında açılmış olan deliğin çevresinde karasinekler vızıldıyordu. Ruso iğrendi. İşini görmek için kot pantolonun düğmesini açtığı sırada cebinden bir şeyin düştüğünü hissetti. Düşen şeyin cep telefonu olmamasını diledi, ama geç kalmıştı.

Eve doğru yürüyordu. Kapıya yaklaştığında anneannesiyle teyzesinin kendisinden bahsettiklerini duydu. Teyzesi nenesine, "Ruso'dan telefonunu iste, satarız," diyordu. Ruso kapı koluna asıldı. Odaya girer girmez, "Telefonumu tuvalete düşürdüm," dedi. Ninenin küçük gözleri büyüdü. Teyzesi oturduğu yerden fırladı.

"Yalan söylüyor! Duyuyor musun anne, yalancıya bak!

Bizi kapıda dinledi, o yüzden tuvalete düşürdüm diyor! Seni nankör köpek!" Teyzesi Ruso'nun üzerine yürüdü.

"Ablam bu yalancıya evlat dedi! Bunu beslemek için saçını süpürge etti. Yazık, yazık!"

Ruso yerde kıvranıyordu. Yediği darbelerden başını, yüzünü kollamaya çalışıyordu.

"Yemin ederim tuvalete düşürdüm, yemin ederim," diye ağlıyordu. Kadın onu duymuyordu bile. Bütün acıların, kötülüklerin hırsını Ruso'yu döverek alıyordu sanki. Kız cevap verdikçe daha da hırslanıyordu. "Gel ispat et!" diye bağırıyordu. Onu tuvalete kadar sürükledi. İki tuğlanın ortasındaki deliği gösterdi. "Haydi bul!" diye bağırıyordu. Ruso diz çöktü. Kolunu deliğe soktu. Teyzesi bir yandan onu tartaklamayı sürdürüyordu.

"Çıkar oradan telefonu yoksa elimde kalacaksın!"

Üst katta çoğu zamanı yatağının üstüne kitap okuyarak geçiren Makvala Ruso'nun imdadına yetişti. Elindeki odun parçasını sallayarak kızı rahat bırakmasını istedi. Makvala Ruso'yu kolundan tutup çekiştiriyordu. "Ben sana burada durulmaz demiştim," diye homurdanıyordu. Ruso olanlardan sersemlemiş, adım atmakla zorlanıyordu. Aklında ise tek soru vardı, şimdi ne yapacaktı?

9

Güneş batmadan yaklaşık bir saat önce Makvala en sonunda Lenin Caddesi'nde defalarca yürüdükten sonra Despine halasının yaşadığı sokağın köşesine döndü. Lüks villa tam önündeydi. Üç katlı portakal sarısına boyanan eve göz gezdirdi. Kendini bildi bileli buraya sadece bir kez gelmişti. O da babasının zaatürreye yakalandığı seneydi. Makvala yüzünü kızartıp babası için halasından bin lari istemişti. Hala varlık içinde yüzerken, "Benim size verecek param yok," demişti.

Despine kardeşinin aklı eksik bir kadınla evlenmesini hazmedemediğinden bahsediyordu. Bu yüzden onları ne arıyor ne de soruyordu. Bir günden bir güne Makvala'nın saçını okşamamış, ona tatlı bir söz söylememişti. Onun için bir yüz karası, utançtı. Aslında kendisi de farklı bir şey yapmamıştı. Eşi Mişka Gogaşvili tanınmış, zengin, bir adamdı. Zayıf, biçimsiz bir vücudu vardı. Makvala'nın halası ile bir ortak arkadaşlarının evinde tanışmışlardı. Adam halasının onunla evlenmesi için karısını boşamak zorunda kalmıştı. Makvala halasının babası gibi fırsatçı olduğunu düşünüyordu ama şu an onun kapısına gelmek zorundaydı, çünkü başka gidecek yeri yoktu.

Bahçe kapısını aralayıp içeriye girdi. Geniş bahçede koyu yeşil çimlerin arasında sallanan salıncak boştu. Beyaz örtülü masanın üzerinde gazeteler duruyordu. Orada bir fincan vardı. Sandalyelerden birinin renkli minderi yere düşmüştü.

Hafta sonu olduğundan enişte evde olmalı diye düşündü Makvala. Belki kocasının yanında kaba davranmaya çekinirdi. Makvala bir sepet çiçek asılı beyaz kapıyı çaldı. Biri içerden televizyonun sesini kıstı. Arkasından ağır ayak sesi duyuldu.

Kapıyı gözlüklü, altmış yaşlarında, gür gri saçlı Mişka açtı.

Makvala'yı görünce kırışık yüzünde şaşkınlık ve memnuniyetsizlik belirdi. Kızı baştan aşağı süzdü. Tek kelime etmeden kapıda duruyor, muhtemelen eşinin bu durumda ne yapacağını düşünüyordu. Makvala onun yufka yürekliliğini biliyordu, güzel kadınları sevdiğini de. Ona hüzünle gölgelenmiş bir gülücük attı. "Merhaba," dedi ve içeriye doğru adımını attı. Elindeki tozlanmış mavi çantayı koridorda bırakıverdi.

Duraklamayı, izin istemeyi hiç düşünmedi. Koridorun sonundan başlayan geniş kare odanın kapısını araladı. Oradaki sütlü kahverengi koltuğa oturdu. Şaşkınlıkla onu takip eden adamın yüzüne derin derin baktı.

"Annem öldü, babam nerede bilmiyorum. Belki o da ölmüştür.

Gidecek yerim yok. Kendime yer bulana kadar burada kalacağım."

Adam Makvala'nın yanından geçip merdivenleri çıktı ve Despine'nin yatak odasına doğru ilerledi. Kapıda otuz beş yaşlarında genç bir kadın belirdi. Bir elinde kırmızı kahve fincanı, öbür elinde sigara izmaritleriyle dolu kül tabağı vardı.

Üzerine kırmızı eşofmanlarını geçirmişti. Tam göğsünün üzerinde kara pullarla kalp şekli parlıyordu. Baştan Makvala'yı fark etmedi, dikkatini kocasının şaşkın bakışları çekti. Sonra adamın baktığı yöne o da baktı ve Makvala ile göz göze geldi. Makvala'nın yüzü babasını andırıyordu. Kadın ona iğrenç bir şey görmüş gibi tiksinti ve nefretle bakıyordu. Makvala yerinden kalkmadı, sadece huzursuzca kıpırdandı. Despine merdivenleri hızla indi. Elindekileri oradaki masaya bıraktı.

"Senin ne işin var burada!"

"Gidecek başka yerim yok."

"Burası otel değil defol!"

Makvala biraz daha doğruldu ama ayağa kalkmayı düşünmedi. Kadın onun üzerine yürüdü. Mişka karısının önüne geçti, "Ne yapıyorsun? Bir gece kalsın, yarın gider," dedi.

Adam kadını zorla kolundan çekiştirerek oradan uzaklaştırdı. Üst katta kapının sertçe kapandığın duydu Makvala. Belli ki Mişka karısını odasına kilitlemişti, tartışma sesleri duyuluyordu. Makvala kulaklarını tıkadı. O gece orada kalacağından emin olunca biraz da olsa rahatladı. Bu gece başını sokacak bir yeri vardı. Başını omuzlarına gömdü, gözlerini yumdu. Bir müddet gece sessizliğinde üst kattan duyulan sesleri dinledi.

Sabaha karşı hava yeni yeni aydınlanmaya başlarken sesler kesildi. Ama bu kez, bir yerlerden mırıltı sesleri duyar gibi oldu. Makvala sağa sola bakındı. Karşıdaki tek kişilik koltuktaki şişman kedi yumak gibi yuvarlanmış oturuyordu.

"Şu kedi kadar şanslı değilim," diye içinden geçirdi ve geniş salona göz attı. Burası son moda eşyalarla döşenmişti.

Odada krem rengi şık koltuklar, ahşap masa ve beyaz deri ile kaplı sandalyeler vardı. Ahşap vitrinin içleri kristal bardaklarla dolmuştu. Duvarlarda yaldızlı çerçevelerin içinde aynalar, şık yağlıboya tablolar vardı. Tavanda kocaman kristal bir avize sallanıyordu.

Makvala, "Yok Despine Hanım, senin sözünü dinlemeye niyetim yok. Bu varlığın sefasını biraz da ben süreceğim. Bana ne yapabilirsin ki, her şey vız gelir," dedi kendi kendine.

Bu arada yukarıdan tekrar sesler duyulmaya başladı. Kadın, "Bugün bu evden gidecek o kız. Ağabeyimin hayatındaki insanlarla işim olmaz. Uğursuz onlar, uğursuz!"diye bağırıyordu. En son, "Sen sakin ol ben onu yollarım," dedi adam.

Kapılar açıldı. Arkasından ayak sesleri duyuldu. Bu kez kadın konuşmuyordu. Makvala başını koltuğuna yaslayıp gözlerini yumdu. Uyuyor numarası yaptı. Ayak sesi ona doğru yaklaşıyordu. Adamın sesi de yaklaşmıştı.

"Sen sıkma canını. Ben bulurum bir çaresini."

Makvala iç geçirdi. Gözünü açtı. Çevreyi sinsi sinsi süzdü. Savaşa meydan okurcasına gülümsedi. Her şey yoluna girecek, diye kendine söz verdi. Doğruldu. Açlık hem midesine, hem de başına vurmuştu. Beyaz dolapları olan mutfağa yöneldi. Sağa sola bakındı. İki kapaklı buzdolabından büyük olanı açtı. Yemekleri görünce ağzının suyu aktı. Her yemekten azar azar aldı, çünkü fazla yiyemezdi. Onun aç oturduğunu sanmalarını istedi. Belki biri insafa gelir, ona acır diye düşündü. Ama bu Despine halası olmayacaktı.

Ev sahiplerine ait yatak odasına girdi. Tavandan inen cibinlik geniş yatağı sarıp sarmalamıştı. Beyaz çarşafın üzerinde halasının saten, kırmızı ince askılı geceliği atılmıştı. Kadını onun içinde hayal etti. Karı koca arasında gece olanları düşündü. Halasının elindeki tek kozun bu yatak olduğunu düşünüp sinsice gülümsedi. Yatağın dibinde atılan kadının parlak terliklerini ayağına geçirip gezinmeye başladı. Sonunda sol tarafındaki banyo kapısını araladı. Günlerdir yıkanmamıştı. Beyaz küveti su ile doldurdu. Bütün şampuanlardan azar azar suya damlattı. Önce bedenini, sonra başını suya daldırdı. "Benim de güzel bir hayatım olacak. Benim de güzel bir hayatım olacak. Benim de güzel bir hayatım olacak," diye defalarca tekrarladı.

O akşam Mişka ve eşi eve geç geldi. Makvala'nın yanından geçip yatak odalarına çekildiler. Birkaç dakika sonra odadan hararetli konuşma sesleri duyuldu. Az sonra ise bağırışları.

"Defolup gidecek buradan!"

"Tamam, ama her şeyin zamanı var!"

"Ne zamanı ve diyorsun sen. Sen onu tanımazsın. Yerleşirse gitmez."

"Seni tanımakta zorlanıyorum. Bu kadar katı olamazsın."

"Katı mı, ne demek istiyorsun?"

"O senin yeğenin be! Sokağa mı atacaksın, buna vicdanın el verir mi?"

"Yeter!" diye çığlık attı kadın. Arkasından ağlama sesleri duyuldu. Makvala oturduğu yerde kıpırdanmadı bile.

Sabah evden ilk çıkan Mişka olmuştu. Öğlene doğru Despine elinde valizle evi terk etmişti. Makvala işlerin ters gittiğinin farkındaydı. Susuyor ve bekliyordu. Akşam saatlerinde sokaktan arabanın motor sesi duyuldu. Makvala su dolu küvetten fırladı. Üzerine bir havlu sarıp koridorun penceresine koştu. İnce tülün ötesinden arabanın içinde yalnız oturan Mişka'yı gördü. Bir müddet öylece donakaldı. Sonra nedense tekrar banyoya koştu. Ortalığa göz attı. Bir şey yapması gerektiğini biliyordu ama ne? Dokunaklı, Mişka'nın dikkatini üzerine çekecek bir şey. Ölümü düşünebilirdi mesela. Çekmeceleri karıştırdı. Üzerindeki havlu çözülüp yere düşse de aldırış etmedi. Alt kattan kapı sesi duyuldu. Makvala jilet dolu çekmeceyi sertçe çekip yere düşürdü, kendi de yere bıraktı. Sese koşan adam, Makvala'nın çırılçıplak bedeninin yerde hareketsiz yatığını görümce telaş içinde ona doğru koştu. Üzerine eğilip onu sarsmaya başladı. Yetmedi birkaç kez tokatladı. Makvala gözlerini ağır ağır kırpıştırdı ama açmadı. Adam, "Aç gözlerini," dedi yalvarırcasına. Sesi titriyordu. Makvala'nın çırılçıplak kusursuz bedenine göz gezdirdi.

Orada yere düşen jilet çekmecesini gördü. Kızın kar beyaz bedenini tekrar süzdü. Sonra Makvala'nın yüzünü avuçlayıp onu sarstı. "Aç gözlerini," diye bağırdı. Makvala bitkinliğini belirtmek için, yüzünü acılar içinde kıvranmış gibi buruşturdu. Adam onu süzmeyi, yalvarmayı bir müddet sürdürdü.

Sonra onu kucaklayıp yatağa taşıdı. Makvala hafifçe doğruldu. Ağlıyordu. Adamın koluna iki elle yapıştı.

"Bırakma beni! Ne olur bırakma. Senin kölen olayım. Ayağına paspas olayım. Senin olayım. Kimsesizim. Beni kapının önüne koyarsan ben ne yaparım."

Makvala bütün hüneriyle ağlıyordu. Adam kızın yanaklarından akan gözyaşlarını elleriyle sildi, omzunu okşayıp sessizce odadan çıktı. Dördüncü günün sonuydu. Makvala koltuğa yapışmış, uykusuzluktan, stresten başı tutmuştu.

Gözkapaklarına dünyanın yükü binmiş gibiydi. Ev bomboştu. Sessizdi. Belli ki gerginlik sürüyordu. Belli ki Mişka karısını ikna edememişti. Az sonra kapıya anahtar sokuldu, ışıklar yandı. İkili tartışarak içeriye girdi.

"Bana sormadan nasıl misafir çağırırsın! Ne pişireyim bu saatte!" diye bağırıyordu Despine.

"Hep bir yardımcı istediğini söylerdin. Makvala sana yardım eder işte," dedi adam gülerek ve kıza doğru yürüdü.

"Kalk," dedi emreder bir sesle. Adamın gözlerinde şeytani pırıltılar vardı. Makvala'nın koluna dokundu, beli belirsiz gülümsedi ve parmağıyla mutfağın kapısını gösterdi. Makvala bakışlarını halasına çevirdi. Tepki vermeyince mutfağa yöneldi. Az sonra üçü de mutfakta idi. Adam iki kadının ortasında dolanıp, işgüzarlıkla Makvala'ya ne yapması gerektiğini karısının yerine anlatmaya çabalıyordu. Durumdan gayet memnundu. Makvala malzemeleri yıkadı. Onları bir tencereye yerleştirip ocağın üzerinde pişirmeye bıraktı. O arada tavada pişirdiği krepleri üst üste sıralamaya başladı. Elleri heyecandan titriyor, içten içe seviniyordu. Beni evlerine kabul etmek zorundalar, diye düşündü.

Halası sessizdi. Ocağın başında eti pişirmekle meşguldü.

Tahta kaşıkla tencereyi döver gibi bir hali vardı. İnadı kırılmaya başladığından sinirliydi ama Makvala bu durumdan memnundu.

Kapı çalındı. Despine kapıya yöneldi. O an Makvala kendine yaklaşan bir gölge hissetti. Adamın soluğunu ensesinde hissediyordu. Makvala kuvvetli bir el tarafından kalçasının avuçlandığını hissetmişti. Adam hiçbir fırsatı kaçırmıyordu.

"Tatlı kurabiyeler gibisin yavrum," diye kulağına fısıldamıştı. Makvala yüzünü yavaşça adama doğru çevirdi, gözlerinin içine tatlı tatlı baktı. Belli belirsiz gülümsedi. Ne pahasına olursa olsun zengin olacaktı ve ilk kurban olarak eniştesini seçmişti. Islak ellerini eteklerine kurulayıp mutfaktan fırladı.

Alt katta kahkahalar duyuluyordu. Misafirler içeri girmişti. Makvala kendini onlara tanıtmanın yararlı olacağını düşündü. Az sonra salonun bir köşesinde duran çantasına asıldı.

Halasının yatak odasının karşısına düşen geniş odanın kapısını araladı. Odanın içine göz gezdirdi. Oda zevkle döşenmiş güzel ve ferahtı. Ortasında geniş bir yatak duruyordu. Beyaz yatak örtüsü yere kadar sarkmıştı. İçeriye doğru bir adım attı, sonra birden vazgeçti. Kapısını çekip oradan ayrıldı. Koridorun ortasında durup halasının yatak odasına en yakın olan kapıya bakıyordu. Oda diğerinden küçüktü ama buradan karı kocanın arasında olanları daha kolay takip edecekti. Çantayı duvarın dibinde duran tek kişilik yatağın üzerine fırlattı.

Az sonra lavaboda bol suyla yüzünü yıkıyordu. Birden durakladı. Aynada kendine baktı. Güleç karbeyaz yüzünü, gri ışıldayan gözlerini inceledi, yüzünü ellerinin yumuşak dokunuşu ile okşadı. Çığlık atmak üzereyken ağzını kapadı. Sonra başparmağını dudaklarına dokundurup ardından aynanın karşısında kendini elledi. "Seni seviyorum," diye mırıldandı.

Dar, beyaz bir elbise seçti. Makyaj yapmanın doğru olmayacağını düşündü. Bir müddet aynada kendini izledi. Kısa kül rengi saçlarını defalarca düzeltti. Dimdik duran göğüslerini şöyle bir elledi. Aynada kendine gülümsedi."Kim kazanacak göreceğiz," diye mırıldandı ve misafirlerin olduğu salona yöneldi. Sofranın çevresinde yaklaşık on beş kişi oturuyordu.

    Birbirlerinden şık giyinen bu insanlar oldukça zengindi. "Hoş geldiniz!" diye gülümsedi. Eniştesi kızın omuzlarına kolunu uzattı. Az sonra herkese onu bu evin bir parçası olarak tanıştırdı. Despine gülümsüyordu ama onu tanıyanlar bunu yaparken zorlandığını rahatlıkla anlıyordu. Makvala içten içe zaferini kutluyordu. Ne var ki halasının bu durum karşısında boş durmayacağından habersizdi.

10

Ruso gözünü açtı. Doğruldu. Her yanı sızlıyordu. Tiflis'te bir parkta oturduğu yerde uyuyakalmıştı. Makvala'ya baktı, yoktu. Sağa sola baktı, onu hiçbir yerde göremedi. Valizleri de yoktu. Gitmiş olamaz. Gitse bile benim valizimi almazdı, diye düşündü. Çevreye korkmuş gözlerle bir kez daha baktı. Her yerde valizlerini arıyordu ama ortalıkta ne valiz ne de Makvala vardı. Banka yığıldı. Kafasını toparlamalıydı. Valizlerin çalındığını düşündü önce. Belki de Makvala onları aramak için polise gitmişti. Ya da garajın arkasındaki çeşmeye... Geldiğinde onu bulamaz diye bir müddet bankta oturdu.

Otogardaki insanların koşuşturmalarını dinledi bir müddet. O insanları kıskandı. Gidecek yerleri, bekleyenleri olan bu insanlara özeniyordu. Akşam olmak üzereydi. Makvala ile sabah bu banka oturmuşlardı ve valizleri yanlarında duruyordu. "Gidecek yerin var mı?" diye sormuştu Makvala. Ruso hayır anlamında kafasını sallamıştı. "Sen benden de çulsuzsun," diyen Makvala'nın gülünç, memnuniyetsiz yüzünü anımsadı. Hâlâ orada onu beklediğine inanmıyordu. Makvala bunu sık sık yapar, onu kandırırdı ama bu durumda onu burada öylece bıraktığına inanamıyordu. Annesinin, "Ona fazla güvenme!" dediğini hatırlamıştı. Çeşmeye gitmeye karar verdi ama çeşmede su akmıyordu. Bir zamanlar bu çeşmeden akan suyu annesinin avuçlarının arasından içtiğini anımsadı.

Ne de güzeldi o günler. Hıçkırdı. Yüzünü avuçlarına gömdü.

Orada öylece ne kadar kaldığını hatırlamıyordu. Geri döndüğünde bank boş değildi. İki saçı sakalı ağarmış, kötü giyimli genç adam ellerinde bira şişeleriyle oturuyordu. Bakışlarını Ruso'ya çevirip onu baştan aşağı süzdüler."Yavrum!

Ne kaybettiysen bizde var. Gel!" Ruso onlara sırtını döndü ve hızla yürüdü. Sokağı süpüren kadına yaklaşıp, "Gidecek yerim yok!" dedi. Kadın bana ne der gibi ters ters baktı.

Hava kararmaya başladığında Ruso duvarın birine yaslanmıştı. Bitkindi. Bu savaş her şeyi, eritip yok etmişti. Artık evlatlık bile değildi. Derken omzuna bir el dokundu. "İyi misin?" diye sordu. Orta yaşlarda bir depocu sigara içmek için kapıya çıkmıştı. Kendisine merhametle bakıyordu.

"Rengin solmuş hasta mısın? Su ister misin?"

Kafasını salladı. Depocu kendisini içeriye çağırınca, Ruso adamı takip etti. Bir büyük bardak su içti. Sonra da müşteri ile ilgilenen adamın arkasından deponun arka tarafına yürüdü. O geceyi orada valizlerin arasında yarı uyur, yarı uyanık geçirdi. Sabah olduğunu dışarıdan gelen kalabalığın sesinden anladı. Tam kalkacakken kapıya sokulan anahtar sesini duydu. Korkarak başını tekrar gizledi. Adam içeriye girdi. Sert topuk sesi duyuldu. Ruso kımıldamadan yatıyor, birinden azar işitmekten çekiniyordu. İçeri giren biri, neredeyse Ruso'nun burnun dibine kadar yaklaştı. Soluğu kesildi ve uygun bir an yakalar yakalamaz kalkıp kaçmaya başladı. Onu görüp şaşan adam arkasından seslendi. "Hey sen, sana söylüyorum!"

Ruso koşmaya başladı. Nereye koşacağını bilmiyordu ama koşuyordu. Sonunda yolun ağzında gördüğü dolmuş kalabalığına karıştı. Dolmuşçu ücretleri toplamak için kendini parçalıyordu. Ruso hayatında duymadığı kadar utanç duyuyordu. Cebinde para olmadığını bile bile bir kez daha ceplerini karıştırdı ve yumrukları sıktı. Durağın birinde kalabalıkla beraber indi.

Arkasına bakmadan sakin sakin yürüdü. Metroya girdi. Jeton atmadan birinin arkasından geçti. Aklında Gori'ye dönüp tanıdık birilerini aramak vardı.

Ruso sokağın ilerisinde yavaşça ve nereye gideceğini bilmeden yürüyordu. Ayaklarında derman kalmamıştı, dizleri titriyordu. Önünden büyük otobüs durdu. Arka kapıdan, ufak tefek beyaz gömlekli kız iki büyük siyah çöp torbası ile indi. Onları yolun kıyısında duran çöp kutusuna attı. Sırtını dönüp otobüsüne geri döndü. Ruso çöp kutusuna doğru koşmaya gayret gösterdi. O iki torbayı oradan çıkardı. Sağa sola bakındı. Karşıdan ona sırıtan çalılıklara doğru yürüdü.

Kendine kuytu bir yer seçti. Çöpleri kuru toprağın üzerinde boşalttı. Plastik bardakların, boş kek ve bisküvi paketlerinin arasında yiyecek bir şeyler aradı. Birkaç parça yarım kalmış bisküvi ve kek paketi buldu. Yüksek çalıların arkasında bir torbanın üzerine oturup bağdaş kurdu. Karnını doyurmaya koyuldu. Bir müddet burada kalabilirdi.

O gün uykusunun içinde sarsıldığını hissetti. Gözlerini açtı. Ortalık zindan gibi karanlıktı. Kimseyi görmüyordu. Biri tarafından dürtüldüğünü hissediyordu. Silkindi. Üzerini torba ile örttüğünü anımsadı. Rüya değildi, biri onu burada da bulmuş, rahatsız ediyordu.

11

Nodar kırk kırk beş yaşlarında olmasına rağmen daha yaşlı gösteriyordu. Kafası büyükçe ve keldi. Kafatasının arka kısmında tırmık izlerine benzer dört yarık izi vardı. Ağzında sadece bir siyah dişi sallanıyordu. O gün bir kamyonet sarımsağı verilen adrese teslim etmişti. Elinde artık elli lari vardı.

Kendine verdiği sözü unutup marketten sekiz şişe bira almıştı. Yolun kenarına, Ruso'dan yaklaşık elli metre öteye park etmişti. Arabanın koltuğuna yerleşip biraları içmeye koyulmuştu. İşemek içinse Ruso'nun yattığı çalıların dibini seçti.

Çöp torbalarının ucundan sarkan kızın ayaklarını görünce, şaşkınlıkla naylonları aşağı çekti. Elleri Ruso'nun kıvırcık saçlarına değmişti.

"Kimsin sen?"diye sordu. Ruso korkudan sararmıştı. Yaşadığı onca kötü anıyı bir kez daha hatırladı ve şimdi bu adam dikilmişti karşısına. Ruso için artık hiçbir şeyin önemi yoktu.

Ölüme çok yakındı. Telaşlanmadı, ağlamadı. Bu bir cezaydı, Tanrı'nın ona verdiği ceza. Çok büyük bir hata yapmış, ölmeden önce annesine sırtını çevirmişti. Onu seven, onu tapan annesine...

Adam onun kirli kollarına dokundu ve onu yerden kaldırmaya çalıştı. "Kaçtın mı?"diye ısrarla birkaç kez sordu.

Arkasından, "Ailen nerede? Seni oraya götüreyim," demeye başladı. Ruso kafasını yok der gibi salladı. "Peki, seni yanıma alayım mı?" diye sorunca Ruso sustu. Adamın gözleri ışıldadı.

Telaşla onu kucakladı. Ruso denize düşmüş, yılana sarılıyordu.

Adam, "Ben sana bakarım Okro," (Okro Gürcüce altın anlamına gelir) dedi ve onu arabaya taşıdı. Ruso eski arabanın eski koltuğuna kirli bedenini boş çuval gibi bıraktı. Yaşayan bir ölüye benziyordu. Annesinin yüzünü görür, sesini duyar gibiydi. Korkuyordu. Araba ilerlerken adam sürekli konuşuyordu.

"Bu benim her şeyim." Arabanın torpidosunu gösterdi.

"Arkadaşım, yoldaşım, anam, babam, sırdaşım. Sevenim çok, ama yanımda duranım yok. Hayat çok acımasız, öyle olmasa sen burada olur muydun? Yazık değil mi bu güzelliğe? Yoksa yanılıyor muyum? Bir kalleşlik yapan sen olmayasın? Evden mi kovdular seni? Susuyorsun?" Adam Ruso'yu baştan aşağı büyük bir iştahla süzdü. Sarı, terden parlayan yüzünde gülücükleri saçıyordu.

"Ama sen benim için bir diyümovaçkasın. Hani bir çizgifilm vardır ya, orada güzel bir kız diyümovaçka çiçeğinden çıkar. Her neyse sen zaten çiçekten çıkmadın, çöpten çıktın."

Adam kahkaha attı. "Biliyor musun sevdim seni. Ağzın var dilin yok. Dırdır etmiyorsun. Yoksa kadınlar böyle mi! Bir başladılar mı konuşmaya kaçacak delik ararsın. İlk karımı Maiya'i aldığımda melek gibiydi. Onun güzelliğini bütün köy konuşuyordu. On dört yaşındaydı, saftı. İki erkek çocuk doğurdu bana. Bu kaynanam var ya, bir de baldız, onu öyle bir hale getirdiler ki melekle şeytan karışımı bir şey oldu. Beni, köyü, ortamı beğenmez oldu. Aklı fikri şehirde yaşamaktaydı.

Gece gündüz kavga ettik. Sonunda gitti sürtük. O çok istediği şehre gitti. Yok, ben çok iyi bir adamım! Gitmesine izin verdiğim için tabii. Bacaklarını kırmalıydım ama yapmadım. Kolay olmadı tabii. Böyle miydim ben. Ah gençlik. Neyse boş ver."

Adam kızın tepkisiz yüzüne bir kez daha baktı. Çıplak, kirli koluna okşarcasına dokundu. Ruso donuktu. Adam iç geçirdikten sonra konuşmaya devam etti. İkinci karım şehirliydi. Adı Tamuniya idi. Siyah uzun gür saçları vardı ama çocuğu olmuyordu. Gitmediği doktor kalmadı. Çocuğu doğuramadığı için nerdeyse aklını kaçıracaktı. Benden para çalıp altın alıyordu. Aklı sıra annesi ona hediye yolluyordu ama annesi böyle hediyeler alacak biri değildi. Yalanları su üstüne çıkınca onu kapı dışarı koydum." Adam cebinden sigarasını çıkarıp yaktı, bir tane de Ruso'ya uzattı. Kızın belli belirsiz kafa sallayışından sigara içmediğini anladı. " İyi, bu laneti sevmiyorsun demek. Bunu büyük bir artı olarak sayıyorum.

Ben çocukluğumdan beri içiyorum. Ne olacaktı ki başka, evim ev değil tımarhaneydi. Bizim evde sürekli kavga bağırış çağırış vardı, öyle de devam ediyor. Annem sağ olsun. Ne yaparsan yap onu mutlu edemesin. Hüzünlü olmayı seviyor kadın. Üçüncü karımı o kovdu."

Adam sinirli bir kahkaha attı, sigaradan derin bir nefes çekti. "İnan ben de senin kadar yorgunum," dedi ve Ruso'nun solgun yüzüne bir kez daha baktı. Bu kez daha da meraklı, düşünceliydi.

Ruso onu işitmiyordu. Nerede olduklarıyla hiç ilgilenmiyor, terliyor, kasılıyor, morarıyordu. Sonunda ağzından bir feryat çıktı.

Adam frene basıp arabayı durdurdu ve bütün kuvveti ile kıza bir tokat attı. "Kendine gel!" diye bağırdı. Bir kez daha, bir kez daha... Sonunda ellerinden sıkı sıkı tuttu.

Gözünün içine bakmaya çalıştı. "Ne yaşadığını bilmiyorum ama yeter! Şu an buradasın! Sana kimse zarar veremez Okro!" dedi. Tekrar arabasını çalıştırdı.

Ruso yeni yeni çözülmüş gibi ancak kendine gelmeye başlamıştı. Soğuktan titriyor, bir yandan da boncuk boncuk terliyordu. Kirli elini yüzünde gezdirdi. Şimdi daha da iğrenç görünüyordu. Huzursuzca kıpırdandı. Korku ile çevreyi süzdü.

Kafasını adama doğru çevirdi. "Nereye götürüyorsun beni?"

diye fısıldadı. Adam direksiyonu kırıp arabayı durdurdu. Kızın yüzüne iyice baktı. Bir şey söylemek için zamanını bekliyormuş gibi durakladı. Sonra gömleğinin ön cebinden sigarasını çıkardı. Bir iki nefes aldı. Tekrar kıza dönüp bir şeyler söylemeye hazırlanıyormuş gibi dudaklarını kıpırdattı. "Sen benim karım olacaksın." Ruso onun dişsiz kara ağzına baka kalmıştı. Susmuştu. Ne söyleyeceğini bilmiyordu. Başını arabanın koltuğuna dayadı. Gözlerini sıkı sıkı yumdu. Kendini idam ipine asılıyken hayal etti. Kaçacak yeri yoktu artık! Bu kez adam susuyordu. Öğlen güneşi arabayı kavuruyordu. Arabada ağır alkol, ter, sigara kokusu yayılmıştı. Nodar kıza uzun uzun baktı, sonra torpidoyu açıp bir kalıp sabun çıkardı ve kıza uzattı. Yolun karşısında akan çeşmeyi gösterdi.

"Git orada saçını başını yıka," dedi emreder bir sesle ve ekledi: "Ben seni burada beklerim."

Kız arabadan indi, arkasına bakmadan çeşmeye yürüdü.

Hayatında ilk kez sokakta yıkanıyordu. Geri döndüğünde adamın elinde askılı, yumuşacık, lale desenli bir elbise vardı. Yol üzerindeki bir bahçeden çalmıştı elbiseyi. Sonra birini aradı ve tüfeğin mermisi olup olmadığını sordu. On dakika sonra sokak kapısında beklemesi gerektiğini emretti.

Yaklaşık on dakika sonra bahçe kapısına vardılar. Oralarda tüfek elinde üzerinde kirli elbiselerle biri yere çömelmişti.

Arabanın yaklaştığını görünce ayaklandı. Tüfeğini omzuna dayadı. Bir eli ile kaşların altından arabanın içinde kimler olduğunu daha iyi görmesi için gölgeledi. Başını öne uzattı.

Kızı görünce gülümsedi. Onlara doğru koştu. "Ateş edeyim mi?" diye sordu. Nodar el işareti ile şimdi dur demek istedi.

Oğlan geri çekildi. Onların arabadan inmesini beklerken sağı solu gözetlemekten de çekinmedi. Sadece o değil adam da çevreye göz attı. Bu anıya şahit olanları o da merak ediyordu. Sonra oğlana dönüp "Evleniyorum. Ateş et!" dedi. Oğlan tüfeğini havaya doğrulttu. Tam ateş etmeye hazırlanırken koluna Ruso yapıştı. Yalvararak, "Bırak onu, ateş etme!" diye kendini bile tanımakla zorlanan bir sesle bağırmaya başladı.

Yoldan geçenlerin bir kısmı sadece durup izliyor, bazıları da görüyor ama ilgilenmiyordu. Ruso kollarına batan tırnak izlerini hissetti. "Bırak ateş etsin. Beni rezil ediyorsun sürtük!"

Adam kızı tahta kapının ötesine itti. Mermi kulaklarını tırmalayan bir sesle havaya fırlayınca Ruso çığlık atmaya başladı.

Ne olduğunu çözmeye çalışan genç, oldukça zayıf olan bir kadın belirdi. Arkasından on üç on dört yaşlarında olan cılız bir erkek çocuğu koştu. Amcasının kollarını tutmaya çalıştı.

Nodar kızı tartakladıkça rahatlıyordu. Sonunda kızı bir paçavra gibi bir kenara fırlattı. Taşa oturup bir sigara yaktı, derin bir soluk aldı. Onları şaşkınlıkla izleyen yengesine dönüp, "Sofrayı kur, tavuk da koy," diye bağırdı emreder sesle.

"Tavuğu kesemem!" diye mırıldandı kadın.

"Neden?" diye bağırdı adam.

"Annen evde değil, onun izni olmadan..."

"Kes dediysek, kes!" bağıran adam yerde yatan Ruso'ya bakıyordu.

12

Sonbaharın ilk günleri yazdan kalma günlerle geçiyordu.

Küçük gelin her akşam bahçeyi taşıma sularla sulasa da bahçe gine de sararıp solmuştu. Sebzeler çürüyordu. Ağaçlar sarı yapraklarını kötü anılardan kurtulmak ister gibi döküyor, dalda kalan yapraklar ise renk değiştiriyordu. Bahçenin sonunda eski, yanık gri tuğladan yapılmış tek katlı bir ev vardı. Evin iki giriş kapısı vardı. Önde bulunan iki geniş avlunun ortasındaki yarı yıkık duvara bakılırsa buradakiler bir barışık bir dargın yaşıyordu. Sol tarafındaki iki eski ahşap pencerede rengi solmuş çiçekli perdeler asılmıştı. Camlar kapalı idi. Öbür tarafın pencereleri açıktı. Dışa savrulan eski perdeler camın kıyısında duran kaktüslere takılmıştı. Avluda kırılmış içki şişeleri, bir ayağı kırık tabure, eski ayakkabı tekleri vardı. Bir başı olmayan yatak, kırık duvar aynası, yumruk darbesiyle göçmüş masa ve kırık bir sandalye vardı. Ruso odanın bir köşesinde yerde oturuyordu. Yüzünü kollarının arasına gömmüş, annesinin sesini duyuyordu. Hatta kollarını açmış, ona yetişmeye çalıştığını hayal ediyordu. Annesi dayanmasını söyledikçe ağlıyordu.

Gelinin kovaladığı karatavuk Ruso'nun bulunduğu odaya dalınca gelin davetsiz misafir misali arkasından girdi. Kızın yerde kanlar içinde yattığını görünce, "İmdat! İmdat!" diye bağırmaya başladı. Sokakta arkadaşı ile muhabbete dalmış olan Nodar gelinin deli gibi bağırdığını duyunca eve doğru koştu. Kızın kapalı gözlerini, kanlar içinde yüzen bedenini görünce, "Aman Allahım!" diye haykırıp onu kucakladı. Arabaya kadar koşarak götürüp kızı ön koltuğa yatırdı. Hastaneye giden yol boyunca onun yaşaması için dua etti. Hastaneye ulaştığında doktora onu yaşatması için yalvardı. Hastanenin uzun koridoru boyunca bir aşağı bir yukarı dolaşıp kendine söyleniyordu. Ben olmasaydım belki de böyle bir şey yapmazdı. Demek kız orada çöplükte daha da mutluydu. Ne yaptım ben! Yaralı kuşu kafese mi kilitledim. Umutlarını mı kırdım.

İyileşse bile artık serbestçe uçamayacak mı? Hayır! Ben onu gördüm ve sadece kendimi düşündüm, onun ne istediğini sormadım bile.

***

Ruso gözlerini hafifçe kırpıştırdı. Açmayı denedi ama yapamadı. Sanki gözkapaklarının üzerine birer kum çuvalı koymuşlardı. Bedenin tuhaf hafifliği de onu rahatsız etti.

Az sonra titremeye başladı. Gözlerine perde inmişti adeta.

"Kendine geliyor," dedi biri, bu kadının sesiydi. Arkasından bir adam konuştu. "Söylediğim gibi hastayı iyice temizleyin, uyuz hastalığının iyileşmesi titizlik ister. Bitlerden kurtulması için saçını tıraş edin ve bir yakınını çağırın bana." Hemşire oda kapısını açıp koridora bakındı ama polislerle dip dibe yürüyen ve onlarla beraber köşeyi dönmek üzere olan Nodar'ı göremedi.

"Onu bekleyen kimse yok!" dendiğini işitti Ruso. Birden içinde tarif edilmez korku saplandı, yine yalnızdı.

***

Nodar bu loş nezarette kaçıncı adımını attığının farkında değildi. Ellerini pantolonunun cebine atmış, bakışını yere sabitlemişti. İçi bir garipti. Sanki duvarlar her seferinde daha da daralıp onu ezmeye çabalıyordu. Her yandan ayak sesleri duyuluyordu. Nodar sesleri duymazdan geliyordu ama belirsizliğe tahammülü yoktu. Aklı Ruso'daydı. Neden intihar etmişti Ruso ve en önemlisi bundan sonra ne olacaktı? Kaderine kızıyordu. Yerli yersiz yufka yürekliliğine, içinde ansızın parlayan öfkeye, inadına... Belki Ruso'ya zarar vermeseydi kız bu durumda olmayacaktı. Sinirle demir parmaklıklara saldırdı. Onları bütün kuvveti ile sarsmaya, gür sesi ile bağırmaya başladı.

"Kimse yok mu? Daha ne kadar tutacaksınız beni burada?

Suçum ne, bari onu söyleyin!"

Bir süre sonra polis üniformalı bir adam nezaretin demir parmaklıklarına yaklaştı ve Nodar'ın yüzüne korkunç bir ifadeyle baktı. Elindeki copu demir parmaklıklara indirdi. Yere tükürdü ve sonra sırtını dönüp ağır ağır yürüdü. Nodar içeride çaresiz kalakalmıştı. Sabaha kaç saat kaldığını bilmiyordu.

Kendini teselli edip, sabah serbest kalacağını düşündü. Gece yarısı parmaklıklar açıldı ve onu yaka paça sorgu odasına aldılar. İri yarı esmer adamın biri burnunun dibine kadar yaklaştı. Gri gözlerini kocaman açarak, "Anlat!"diye kükredi.

"Neyi?"

"Her şeyi. Bu kız kim? Neden intihar etti?

"Nodar susuyordu. Aynı soruları kendine sormakla meşguldü.

"Haydi!

"Kim olduğunu bilmiyorum. Neden intihar ettiğini de.

Polisin yüzü öfke ile kasıldı, masaya bir yumruk indirdi.

"Sen benimle alay mı ediyorsun? Kız senin evinde ölmek üzereyken bulunuyor ve sen haberim yok diyorsun. Anlat!

"İnanın haberim yok. Ben onu yolda buldum."

"Yolda mı buldun. Kedi yavrusu mu bu! Sabrımı taşırıyorsun.

Bak, suç dosyan da kabarık. Yoksa psikopat mısın!

Anlat!"

Nodar'ı o gece hırpaladılar. Üstelik serbest bırakılması için bin lari istediler. Her şeye razı gelen Nodar parayı bulmak için otomobilini ipotek ettirdi. Nodar'in annesi Tamara, pencerede oğlunun yolunu gözlüyordu. Gergindi, sinirliydi. Sandalyenin üzerinde her an ayağa fırlayacakmış gibi oturuyordu. Küçük gelin sessiz sedasız geçmiş olsuna gelen misafirleri ağırlıyordu.

"Nodar çok küçük bir kız almış. Kaçırdı mı yoksa?"

Yaşlı kadın sorulara yüzündeki zoraki gülümsemeyle cevap veriyordu.

"Yok, sevmişler birbirlerini. Mesut olurlar inşallah."

Dışarıdan ayak sesi duyulunca yaşlı kadın kapıya koştu.

Oğlunun koluna yapıştı ve hemen eğilmesini işaret etti. Tehditler savuruyordu. "Dua et evde komşular var. Yoksa seni bir kaşık suda boğardım." Bu kez oğlunun omzunun üzerinden nefret dolu bakışlarla kıza baktı. Saçlarının kesildiğini görünce gözleri fal taşı gibi açmıştı. "Gözüne gözükmeyin!" diye bağırdı.

Nodar Ruso'ya odasına kadar eşlik etti. Eski ev buz gibi ve pisti. Odadan gelen iğrenç koku yüzüne çarpıyordu ve yerde hâlâ dünden kalma kan izleri vardı. Çürümüş kan kokusunu duyunca iğrendi. Nodar yetişip kızı kolundan tuttu ve, "Yatsan iyi olur," dedi. Kirli yastığını düzeltti. Göz işaretiyle ona yatmasını emretti. Kız sessiz sedasız yattı. Titriyordu. Başına gelecekleri tahmin ettiği için huzursuzdu. Bir ara uyuyor numarası yaparak zaman kazanmak istedi ama yanılmıştı. Arkasından başka bir beden ona sürtünüyordu. Derken Nodar'ın ellerini hissetti. Elleri Ruso'nun bedeninde kendini kaybetmiş bir halde gezindi, sonunda sabit bir yer bularak eteğinin altına yerleşti. Azgın nefesi Ruso'nun ensesini yakıyordu. Kız şiddetle titriyordu. "Korkma senin de hoşuna gidecek," dedi.

Ruso tırnaklarını sert yatağa geçirip nefesini tuttu.

Bir süre sonra kapı hızlıca vuruldu. Arkasından çığlık sesi duyuldu.

"Aç kapıyı! Şerefsiz! Aç diyorum sana!"

Nodar yattığı yerden fırladı. Ruso yatağın içinde iki büküm oturmuş, yüzünü dizlerinin arasına gömmüştü. İnce omuzlarının yukarı, aşağı oynamasından ağladığı anlaşılıyordu. Nodar kapıyı açar açmaz yaşlı kadın içeriye balta ile girdi. Belli ki kendini kaybetmişti. Önce Ruso'nun önüne dikildi.

"Onu isteyerek mi yanına aldın?" Ruso susuyordu. "Konuş," diye bağırdı kadın. Kız sustu. Gözlerinden gözyaşı boşalınca kadın Ruso'nun rızası olmadığını anladı.

"Seni namussuz! Kendine yeni bir kurban bulduğunu sanıyorsan yanılıyorsun! Kız seni isteyene kadar ona dokunursan yemin ederim o kahrolası şeyini baltayla yok ederim; bunu yapacağımı da biliyorsun değil mi!"

"Ya sen!" diye Ruso'ya döndü sonra. Kadın kızın karşısına dikilmiş, bakışları nefret kusuyordu. "Annen baban yok mu, çağır konuşalım!"

"Yok!"

"Tabii canım! Nerde çulsuz var bizi bulur zaten!"

Kadın arkasından kapıyı sertçe çarptı. Nodar sokağa fırladı. Taşa oturup bir sigara yaktı. Ruso artık titremiyor, gözyaşlarını siliyordu. Kadının sesi beyninde yankılanıyordu.

13

Sonbahar kendini iyiden iyiye göstermeye başlamış, avlu kuru yapraklarla dolmuştu. Nodar avlunun bir köşesinde atılmış ince döşeğin üzerinde yatıyordu. Adamın ilk eşi onun eve bir kız getirdiğini duyup esasını öğrenmek için iki oğlunu da babalarının ziyaretine yollamıştı. Adam yattığı yerde huzursuzca kıpırdandı. Üşüyordu. Üzerindeki battaniyeyi dün gece duvarın dibinde yatan küçük oğlu Dato'nun üzerine örtmüştü. Lacivert battaniyenin altından görünen minik burnuna, kapanmış minik gözlerine baktı. "Saflık ne güzel," diye mırıldandı. Günlerdir hissettiği acıyı o an da hissetti. Hayatındaki herkese, her şeye isyan ediyordu ama bugün herkes her şeyi öğrenecekti. Döşeğinin üzerine serdiği bedenini yavaşça kaldırdı. Hafifçe sendeledikten sonra romatizmadan uyuşan kollarını salladı. Kararsızca sağa sola baktı. "Haydi bakalım,"diye mırıldandı. Evin kapalı pencerelerinden birine yaklaştı. İçeriye bakması için burnunu cama dayadı.

Odanın köşesinde yatmakta olan büyük oğlu İliya'yı gördü. Başını iri yastığın içine gömmüş, uzun bacaklarıyla yorganı tekmeleyip yere atmıştı. Birkaç gün önce sakallarının çıkmaya başladığını fark etmişti. Bir de sigara içmeye başlamıştı eşek. Nodar onların ne zaman büyüdüklerini soruyordu kendine. Karşı tarafta demir başlıklı yatağın içinde yatan Ruso'ya baktı. Kızın üzerinde eski kareli bir battaniye vardı. Yüzü zayıftı, ama rengi yerine gelmişti sanki. Az konuşurdu. En doğrusu nerede ise hiç konuşmazdı. Çok az yiyordu. Nodar'ın annesine tedirginlikle bakıp onun her dediğini yapmaya çabalıyordu. Ağır kovalarla su taşıyor, ahırı temizliyor, çamaşır yıkıyor, bahçeyi süpürüp evi temizliyordu. Onunla konuşmaya çalışanlardan uzak duruyordu. Çünkü ya alay ediyorlardı, ya da Nodar'ın kocalığını sorguluyorlardı. Kendini suyun akışına bırakmıştı.

Nereye varırsa...

Nodar ona dokunuyormuş gibi pencereyi okşadı ve acı acı gülümsedi. Annesinin söyledikleri anımsadı. "Eğer bu kıza dokunursan yemin ederim o kahrolası şeyini balta ile keseceğim." Pencereden çekilip ağır ağır içeriye yürüdü. Çiviye astığı eskimiş deri yeleğini üzerine geçirdi. Çevreye şöyle bir göz attı, her şey yabancı ve itici göründü gözüne. Bütün gece uyumadığı için başı ağrıyordu. Kafasının içinde sorular bitmiyordu ama o soruların bir cevabı da yoktu. Ayakkabılarını giyip dışarı çıktı. Sigarasının dumanını sıkıntıyla üfledi.

Derdini taşlara anlatıyormuş gibi yere baktı. Sonra adımlarını hızlandırarak köyün meydanındaki dönemeçten sağa saptı.

Meydana indiğinde toplanan kalabalığa baktı ve herkesin kendi derdinde olmasına hüzünle gülümsedi. Çınar ağacına yaklaştığında aklından geçeni yapmanın mutluluğuyla gülümsedi. Cebinden beyaz bir kâğıt çıkardı. Çocuklardan arakladığı yapıştırıcıyla "satılık ev No.54" yazdığı kâğıdı ağaca yapıştırdı ve sağa sola bakmadan yürümeye devam etti.

O sabah meyhane boştu. Nodar sandalyede oturmuş, dirseklerini masaya dayayıp derin düşüncelere dalmıştı. Ev satılırsa kamyonetini kurtarırdı. Ya sonra? Evsiz barksız ne yapardı? Ya bu kız, Ruso nereye giderdi? Cadaloz anası ona şu an zor katlanıyordu. Onun Nodar için satın aldığı bu evin satıldığını duyunca cinnet geçiren kadının yüzünü görür gibi oldu. Vakit hayli ilerlemişti. Neredeyse gece olacaktı. Meyhane kalabalıktı. Nodar kafasını kaldırdı ve orada masaları düzenleyen garsona şöyle bir baktı. Ceplerini karıştırdı, boştu.

İçinde yükselen öfkeyi dizginlemeye çalışsa da nafileydi, masayı yumrukladı ve garsondan bir bardak votka istedi. Sonra bir tane ve bir tane daha...

Sarhoşluğu düşüncelerini hafifletmiş, biraz rahatlamıştı ama Ruso'nun ağlamaklı gözleri gözlerinin önünden gitmiyor, bu kıza bu denli acı çektirecek ne yaşamış olabileceğini düşünüyordu. Sonu ne olacaktı? Bu sorular onu çıldırtmaya devam ediyordu. Onunla bu konuda hiç konuşmamıştı ama artık konuşma zamanı gelmişti. Derken koyu sisin içinde yakasına yapışan birini gördü. Onu sandalyeden kaldırmak için yukarıya doğru çekiştiriyordu. Nodar birbirlerine oldukça yakın duran saçı sakalı uzamış iki öfkeli yüz gördü.

"Sinirli misin bugün? Yatağında çıtır bir hatun seni beklerken neden sinirlisin bu kadar?"

"Sus!" diyerek adamı hırpalamaya başladı Nodar.

"Niye yalan mı? Yoksa kızın seninle yatmamak için intihar ettiği doğru mu?"

"Kapat çeneni!" dediğinde çoktan ayağa dikilmişti Nodar.

"Kapatmazsam ne olur!"

Nodar adamın midesine bir yumruk geçirdi ve adam o sinirle Nodar'ın başını masaya defalarca vurdu. Nodar, başı kanlar içinde yere yığılmışken hızını alamayarak bir kez de yerde tekme attı Nodar'a. "Seni kart zampara!" diye bağırıyordu. "Senin gibileri gebertmek lazım!" Masalardan kopan kalabalık onları ayırmaya, adamı durdurmaya koştu. Nihayet adamı durdurabildiler. Tükürükleri savrularak, küfür ederek oradan uzaklaştı. Nodar nefes almaya çalışırken zorla yattığı yerden kalktı ve sağa sola tutunarak meyhane kapısından çıktı. Karanlığın içinde kayboldu.

Köyü sarsan bir çığlık, köyün sakinlerinden Lola'yı kendine getirmişti. Nodar'ın satılık ilanını gören yaşlı annesinin çığlığıydı bu.

Saçını başını yoluyor, "Onu doğuracağıma taş doğursaydım," diye bağırıyordu. "Bu evi ben ne zorluklarla aldım, nasıl gece gündüz çalıştım biliyor mu o! Kesin bu kız girdi aklına," diyordu.

O sırada Ruso Lola'nın evindeki su deposunu doldurmak için köyün çeşmesine defalarca gitmişti. "Bu son sanırım," diye mırıldanıp alnından akan teri silerken yorgunluktan dizleri titriyordu. Sendeleyerek yol almaya çalışırken karşıdan bağırarak hızlıca gelen Lola'yı alacakaranlıkta fark edip durakladı. Lola'nın hali hiç iyi değildi, aç bir kaplan gibi kasılıp kalmış, konuşmakta zorlanıyordu. Ruso bir adım geri attı ama ne olup bittiğini anlamadan kadın üzerine yürümüştü.

Kovayı elinden alıp kızı tartaklamaya başladı. "Defol buradan uğursuz! Beni katil etmeden defol!"

Ruso dayanılmaz ağrılarla yere yığıldı. Az önce kuvvetli darbenin ardından gözü kararmıştı. Burnundan kan geliyor, artık son darbeleri hissetmiyordu bile. Kendine geldiğinde hava iyice kararmıştı. Çamurun içinde, yüzü gözü kan içinde yatıyordu. Nefes almaya mecali kalmamış, birkaç dişi yerinden çıkmıştı. Bedenini yerden yavaşça kaldırmayı denedi.

Ayağa kalkmayı denedi ama olmadı. Son bir gayretle doğrulduğunda kadının sesi kulaklarında çınlamaya devam ediyordu. Ayakları onu Nodar'ın kullanmayı alışkanlık edindiği âdet edindiği bahçe kapısının girişine götürdü. Son gücü ile kapı kolunu çekiştirdi, başarısız olunca yere yığıldı. Kabullenmek istemese de hissediyordu, Nodar'a sığınmalıydı. Gözyaşlarına hâkim olamadı. Biri omzuna dokundu, bu Nodar'ın eliydi. "Ağlama Okro," dedi ve o günden sonra onları gören olmadı.

14

espine eşinin inatçılığını iyi bildiği için, bu sefer onunla tartışmaya girmedi. O da kızı kabullenmiş göründü, ama aklında kısa bir süre içinde ondan kurtulmak vardı. Susuyordu fakat yapacaklarından geri kalmıyordu. Kıza her sabah yapılacak ev işlerinin listesini veriyordu. Eve gelen gideni çoğaldı.

Yatılı misafirler gün aşırı kapıyı çalmaya başladı. Makvala ev temizliyor, yemek pişiriyor, misafirlere servis yapıyor, bahçe temizliyor, pazara çıkıyordu. Üstelik yaptığı bir yanlışlık, bir masum hata yüzünden bile, halası tarafından misafirlerin yanında azarlanıyordu. Makvala sinirden kendini yese de geri çekilmeye hiç niyeti yoktu, çünkü gidecek başka yeri yoktu.

Sabır dileyip intikam gününü bekliyordu.

Mişka tıpkı bir avcı gibi her fırsatta Makvala'yı bir yerlerde sıkıştırıyor, onu yatağa atacağı günü hayal ediyordu. Makvala adamın duygularının zirvede olduğu anı kolluyor, o anda karısına karşı kışkırtan sözler söylüyordu.

"Gamsız ve kaba bir karın var, üstelik tembelin önde gideni. Hiçbir şey yapmıyor yatmaktan başka, ancak yayılıp emir versin. Resmen kanımı emiyor, sen de buna göz yumuyorsun. Hani beni seviyordun?"

"Seviyorum, biraz sabret," diye fısıldıyordu adam. Elini cebine götürüp kızın sus payını onun dik göğüslerinin arasına sıkıştırıyordu. Mavkala başarmıştı. Mişka artık karısına hiç yapmadığı şeyleri yapıyor, onu yerli yersiz azarlıyordu.

Makvala buna şahit olmaktan gayet hoşnuttu. Evin temel taşlarını sarstığından artık neredeyse emindi. İntikam tohumları serpilmeye başlanmıştı.

O gün Makvala uslu kız olmaktan vazgeçip, zar zor katlandığı halasına haber vermeden sokağa çıktı. Sıradan insanların kullandığı dolmuşa binmedi, bir taksi durdurdu. Otomobilin koltuğuna kasıla kasıla oturdu. Artık her şeyin yoluna gireceğinden emindi. Tiflis'in en lüks semtlerinde kendini göstermenin zamanının geldiğini düşünüyordu. Adımlarını tuhaf bir gurur duygusuyla atıyor, artık hırsının bir parçası olduğunu hissediyordu. Vitrinlerde gördüğü her şeye ne pahasına olursa olsun sahip olmak onun hedefi, ekmeği ve suyu olmuştu. Bu lüks semt ona kucak açacaktı. O pahalı otomobillerden biri mutlaka onun olacaktı. Bir ara durakladı. Çevredeki lüks binaları şöyle bir süzdü. Kendi kendine bir tanesini işaret edip, "Sen benim olacaksın!" dedi. Bunu söylerken içinde inatçı bir çocuk tepiniyordu. Binanın altındaki alışveriş merkezini fark etti. Hiç düşünmeden mağazaya doğru koştu. Kapıda duraklayıp kendini şöyle bir süzdü. Üzerindeki emanet elbisenin yakasını silkti. Senden kurtulmam lazım, ruhumu daraltıyorsun! Geçmişten kurtulmam gerek diye düşünürken, sevimsizliğini kendisi bile hissediyordu. Sonra mağazanın içine rüzgâr gibi daldı. Deli gibi alışveriş yaptı. Çıkışta çöp kutusunun içine az evvel üzerinde olan elbisesini sokuşturdu. Sonra kafasını çevirip çöp kutusuna baktı. Orada Ruso'nun ağlamaklı gözlerini görür gibi oldu. Yüzünde adı olmayan gülümseme belirdi.

Despine kapıda elinde alışveriş torbalarla Makvala'yı görünce gözlerini açabildiği kadar açtı. Sağ eliyle şaşkınlıkla açtığı ağzını kapadı. Az sonra kızı kolundan çekiştirip içeriye sürükledi.

"Parayı nereden arakladın, seni küçük şıllık!" diye avazı çıktığı kadar bağırdı.

Makvala geri çekildi. İşaretparmağını kadının arkasında duran Mişka'yı göstermek için uzattı. İki kadın da adamı süzüyordu.

Makvala heyecan içinde derin derin soluk alıp veriyordu. Despine'ninse az önce kaldırdığı parmağı şaşkınlıktan havada asılı kalmıştı. Mişka önce toparlandı, sonra buruk bir sesle, "Ne var burada! Üzerine giyecek bir şeyi yoktu," diye mırıldandı.

"Bana sormadın!"

"Sormalı mıydım?"

"Başka ne yaptın onun için benden habersiz ha!"

Makvala içten içe sırıtarak odaya çıktı. Onları dinlemek için kapıyı hafif aralık bıraktı.

"Sen beni es geçiyorsun!" diye bağırıyordu karısı.

"Ne yapayım, senin kadar acımasız olamıyorum. Sana kalsa onu bir paçavra gibi sokağa fırlatacaktın. O senin yeğenin, ne çabuk unutuyorsun. Bize muhtaç."

Makvala bu sözleri duyunca koltukları kabardı. Kadının yere düşmüş yüzünü görmek o an en büyük arzusuydu ama bunu şimdi yapamazdı. Daha zamanı olduğunu düşünüyordu.

"Benim ne kardeşim var, ne de yeğenim. Onlar benim için hiç olmadılar."

"Seni anlamakta gerçekten zorlanıyorum. Sen bir ….."

Mişka sustu. Despine artık bağırmıyor, sadece ağlıyordu. Ağlamayla karışık ayak sesi duyuldu. Sonra odasının kapısı sertçe kapandı. Kapı tekrar açıldığında valizin ince tekerlekleri tabanda yuvarlanıyordu. Makvala duyduklarıyla yetinmeyip halasının arkasından aşağıya indi.

"Ben gidiyorum!" diye bağırıp kapıyı çarpıp çıktı.

Mişka'nın elini kendi kolunda hissedince sesi daha fazla çıkmaya başladı Makvala'nın. "Beni eşek gibi kullanırken iyiydi ama. İki elbiseyi mi kıskandı!" Makvala elindeki elbiselere asıldı. Onları parça parça etmeyi kafasına koymuştu. Hem ağlıyor, hem bağırıyordu.

"Makvala pişir... Makvala temizle..."

Mişka onu durdurmayı denedi. Sonunda iki eliyle ona sarılıp kendine doğru çekti. Islak dudağını kızın kulağına dayadı.

"Buna izin verir miyim sanıyorsun? Seni bırakmam," diye fısıldadı. Makvala Mişka'nın daha fazla yalvarmasını istiyor, duygularını sömürmek için ağlıyordu.

"Sen olmasaydın ben bitmiştim. Kahrolası savaş beni öksüz bıraktı." Sonra alaycı kahkahalarla ekledi. "Zaten hep öksüzdüm." Adam onu kendine daha fazla çekti. Artık ikisi de konuşmuyordu. Dudakları birbirine dolanmış, arzular ateşleniyordu. Makvala bir an durdu ve Mişka'yı itti. "Yuva yıkan biri olmak istemem," deyip kendini odasına kilitledi. Aslında neyi beklediğini biliyordu.

Despine'nin arkadaşının evine sığınmasının üzerinden bir hafta geçmişti. Ağlıyor, herkese kendince doğru bildiğini anlatıyordu. "Bu kız yuvamı dağıtmak peşinde, diyorum size."

O bir şeytan!" diyordu. Arkadaşı, "O zaman deli olma. Evden ayrılarak meydanı onlara bırakmışsın! Yanlış yaptın bence. Tabii sen bize yük değilsin, ama evine dönmen en doğrusu olur." Despine arkadaşına hak verdi. Sonuçta evi terk ederek o rahatlığı, lüksü de terk etmiş oluyordu. İnat etmenin anlamı yok. Bu devirde küçük bir kız yüzünden her şeyden vazgeçmek delilik olur, diye düşündüğünde bindiği taksi çoktan evin önüne gelmişti bile.

Valizini kapının önüne bıraktı. İlk işi yatak odasına koşmak oldu. Yatak dağınıktı. Boş bardak konsolun üzerinde duruyordu. "Beyefendi içki içmiş. Bu rahat günlerini çok arayacaksın," dedi kendi kendine. Söylene söylene kızın odasına yöneldi. Kapıyı araladı. Yatağı hiç bozulmamış, sarı çiçekli pijamaları hiç kullanılmamıştı. Aynalı dolabın üzerinde çoğu okunmuş bir kitap duruyordu. Demek bol bol vakti var, diye düşündü.

O zamanlar Mişka kendi keyfinin peşinde, genç sevgilisini yatağa atma hayalleri yaşıyordu. Kızla Tiflis'in en meşhur restoranlarında yemek yiyip içki içiyordu. Onun için alışveriş yapıyor, bolca para harcıyordu ama bu Makvala için yeterli değildi. "Bize ait bir evimiz bile yok," diye söyleniyor, Mişka'nın bu fikre alışmasını bekliyordu. Nihayet Mişka onun için bir ev almaya karar verdi. Bunu duyan Makvala onu öpücüklere boğmuş, onu sevdiğini defalarca tekrarlamıştı. Evin inşaat halinde olduğunu duyunca sinir krizleri geçirdi. Çok açık ve netti, adam onu beş sene kendine bağlamış, tepe tepe kullanacaktı. Makvala elini çabuk tutması gerektiğini anlamıştı. Mişka'nın güvenini kazanması gerekirdi. Belki o zaman adam düşünmeden ona istediği evi alırdı. Halasından uzak olmalıydı bunu çok iyi biliyordu.

Bazen babasına ne kadar çok benzediğini düşünüyordu.

Bu durum onu üzmüyordu, bu onun için alışverişin bir türüydü sadece. Mişka'ya gülümserken, aklından başka hesaplar geçiyordu.

***

Ruso naylon kaplı inşaat penceresinin yırtık kısmından geniş yolda yürüyen iki kişiyi izliyordu. Onun Makvala olduğunu seçememişti. Sadece el ele yürüyen bu iki kişiyi kıskanmıştı.

15

Ruso kendini toprağının kucağına bıraktı. Rüzgâr tozları üzerine savuruyordu. Bir müddet kıpırdamadan yattı, sonra titremeye başladı. Bacağındaki yara kanıyor, ağzındaki yaralar sızlıyordu. Baygın gibiydi. Karanlıkta parlayan bir çift göz gördü. Ne olduğunu kestiremediği bir hayvanın ıslak burnu yüzüne dokunurken, Tanrı'dan yardım diledi. Az sonra iyice kendinden geçmiş, annesinin sesini duymaya başlamıştı.

Uzun zamandır yapmadığı bir şeyi yapmış, huzurla gülümsemişti.

İri yarı, yaşlı veteriner elindeki çantayı ayakta durmakta zorlanan Nodar'ın eline tutuşturdu. "Umarım yanlış bir şey yapmıyorsundur," diye uyarıda bulundu. Eski, üç tekerlekli sarı motorun üzerine binip çalıştırdı. Sabırsızca Nodar'ın motorun kasasına yerleşmesini bekledi. Egzozu patlak motor, gece karanlığını yararak ilerledi ve bir yol ayrımına geldiler.

"Hangi taraf?" diye sordu adam.

"Sol tarafa döner dönmez yüz metre ötede."

Veteriner direksiyonu sola çevirdi. Nodar tahammülsüzlüğünün ifadesi olarak kollarını göğsünde kavuşturup, yüzünü umutsuzca büzdü. Motor durdu. Ses kesildi. Ruso'nun dibinde yatan köpek uzaklaştı. Nodar aceleye, "Bu tarafta, bu tarafta," diye sesleniyordu. Veterinerin elindeki küçük el feneri taşlı yolu zar zor aydınlatıyordu. Nodar çoktan dizlerin üzerine çökmüş, Ruso'ya dokunmaya çalışıyordu. Ruso'nun hareketsiz yattığını görünce telaşlandı. Veteriner, kızın üzerinde fenerin ışığını gezdirdi. Nabzını dinledi.

"Sadece baygın," diye geveledi.

Doktor eski, paslanmış kilitle epey uğraşmak zorunda kaldı. Kapıyı itip ışığı yakmaya çalıştı ama ışık yanmadı. Doktor, Nodar'a kızın başında beklemesini söyledi. Eskiden veteriner kliniği olarak kullanılmakta olan geniş odaya girip gaz lambasını aldı. Hayvanlar için kullanılan ameliyat masasının üzerindeki gereksiz eşyaları boşalttı. "Buraya taşıyalım," dedi.

Veteriner işini yaparken Nodar, "Bütün ıstıraplı yollarda duraklar vardır. Bütün ıstıraplı yollarda duraklar vardır," diye sayıklıyordu. Ruso o geceyi nöbetlerle geçirmişti. Sabaha karşı az da olsa kendine geldi. Olanları anımsamaya başlamıştı.

Elini ilkten yüzüne uzattı, şişmişti. Ruso cansız, bitkin gözlerini sağa sola çevirdi. Duvarlarda güneşten solmuş hayvan resimleri gördü. Her yeri örümcekler sarmıştı. Ortalık pislik içindeydi. Nerede olduğunu anlamak için hafifçe doğrulduğunda kapı eşiğinde iki kat kıvrılmış yatan Nodar'ı fark etti.

Biri onu da adam akıllı benzetmişti. Yüzü mosmor, üstü başı kan içindeydi. Biraz daha doğrulunca bacağındaki sargıyı fark etti. Bunu yapan Nodar olamazdı. Ne olduğunu anlayamıyordu ama tek arzusu buradan kurtulmaktı.

Nodar onun için bir kurtarıcı değildi; o sadece kendine bataklıkta yoldaş arayan bir zavallıydı. Ruso ayağa kalktığında sendeliyordu. Sağa sola tutuna tutuna Nodar'a yaklaştı, üzerine eğildi. Gözü ceplerine kaydı. Birkaç lariye ihtiyacı olabileceğini düşünerek elini cebine uzatmıştı ki iki kuvvetli el Ruso'nun gırtlağına yapıştı. Nodar uyumuyordu. Ruso'nun niyetini anlamış, deliye dönmüştü. Gırtlağına tırnaklarını geçirip onu boğmaya kararlıydı. Ruso bu adamın ellerinde çırpınıyordu. Kapı çalınınca Nodar silkindi ve Ruso'yu bıraktı.

Kız yere yığıldı. İçeriye bir erkeğin girdiğini gördü. "Benim bu kadından haberim yok. Ne oluyor burada?" dedi adam ve Ruso'yu işaret etti. Nodar adamı kenara çekti. Orada bir şeyler konuştular. Sonunda ikisi de Ruso'nun başına dikilip, "Kalk gidiyoruz," diye bağırdı.

Sokağa çıktılar. Nodar kızın koluna tırnaklarını geçirmiş, öfkeyle soluyordu. "Benden para çalıp kaçmak istersin demek, üstelik senin yüzünden her şeyimi kaybetmişken. Ama dur, seninle işim bitmedi!"

Nodar kızgın bir boğa gibi kendini kaybetmişti. Ruso'nun üzerine çullandı. Bütün kuvveti ile yolun ortasında kızı dövmeye başladı. "Geberteceğim seni! Seni o çöplükten kurtarmış olmama böyle teşekkür ediyorsun demek," Ruso kendinden geçmiş bir halde yerde yatıyor, artık aldığı darbelerin acısını hissetmiyordu.

Onlardan birkaç adım önden giden arkadaşı aralarına girdi. Nodar'ı kollarından yakaladı. "Yeter! Benden yardım istedin, ben de geldim! Ama niyetin onu öldürmekse ben yokum.

Ne halin varsa gör!" diye bağırdı ve arabasına doğru başı öne eğik yürüdü.

Nodar öfkeden titriyordu. Gururu canını yakıyordu. Aldatıldığını gururuna yedirmek onun harcı değildi. Ruso'yu arabaya çuval gibi attı, kendisi de yanına oturdu. Kapısını hızla kapadı. Arkadaşı bu ikiliye şüphe ile bakıp bir sigara yaktı ve kamyoneti çalıştırdı.

Ruso güzlerini ağır ağır kırpıştırdı. Olacaklardan korkuyordu. Nodar ona ne yapacaktı? Aldığı yere geri mi götürecekti yoksa daha kötü planları mı vardı?

Nodar'ın kana susamış bakışlarını görünce gözlerini kapattı. Annem, diye bağırmak istediyse de vicdanı buna izin vermedi. Artık bir keder denizinde boğuluyor, bu azaptan kurtulmak için Tanrı'ya yalvarıyordu.

Arabayı kullanan orta yaşlardaki adam bu durumdan sıkılmış, arada öfleyerek susuyordu. Bozuk yollardan güzünü ayırmayıp arabayı olabildiği kadar hızlı kullanıyordu. Birbiri ardına sigara yakarken çakmağını düşürdü. Hafifçe eğilerek elini arabanın yer döşemesinde gezdirdi. Parmaklarına kan bulaştığını görünce anı frene bastı, döşemedeki kan gölüne baktı. Kızın kanlı yüzüne acıyarak baktı. Arkadaşının yüzüne bakarak içindekileri kusmaya başladı. "Nasıl bir hayvansın anlamıyorum! Bu bir insan evladı, ne senin kölen, ne de köpeğin! Yazık, yazıklar olsun sana! Onu doktora götürmemiz lazım, hem de hemen!

Nodar diklendi. "Bana akıl vermeyi bırak! Ayrıca onun bir şeyi yok! Kalçasının dikişleri açılmıştır o kadar! Çeneni kapat ve arabayı sür!" Adam omuzlarını silkti. Arabanın motorunu bezgin tavırlarla tekrar çalıştırdı. "Yanlış yoldasın!" Gaza yüklendi, hırsını bu demir kutudan alacağını sanıyordu. Yolunu kısaltmak içinse zamanla yarışıyordu.

Ruso sarsıldıkça kara bulutlar zihnini sarıyordu. Ne rüya görüyordu ne de esasını yaşıyordu. Varlıkla yokluk arasında çırılçıplak kalmıştı.

"Bu kadın bu dünyada gereksiz, öbür dünyada fazla," diye söylendi Nodar. Adam ona iğrenerek baktı. Sigaranın boş kutusunu avucunda büzdü. Arabadan sokağa bütün iştahıyla fırlattı. Direksiyonu sola kırdı, arabayı durdurdu.

"Geldik! Bu dört yolda ayrılmak zorundayız, benim yolum sizinkiyle ters düşer!"

Ruso gözkapaklarını zorlukla araladı. İki saatlik yol boyunca kükreyip esen Nodar'ın öfkesi aniden yatışmıştı ama şimdi de kötülük yapmak için can atar bir hali vardı. "Burada olmaz!" diye bağırıp torpidoya kuvvetli yumruk indirdi. Sokağa şöyle bir göz attı.

Arkadaşı sinirlenmiş, yumruğunu sıkmıştı. Bir şeyler söyleyecek gibi oldu, sonra susutu. Arabadan inip Nodar'ın da inmesini bekledi. Aralarındaki tartışma iyice alevlenmişti.

İtişmeye başladılar. Sonunda Nodar adamın yakasına yapıştı.

Burnunu burnuna dayadı, gözünü gözüne geçirdi. "Yardım etmen lazım," diye bağırdı. Adam geri çekilmeyi denedi. Sonunda araba tekrar çalıştı, yaklaşık yirmi dakika yol aldılar.

Şehir geride kalmıştı. Dönemeçli bozuk yolda, tenha bir alanda ilerlediler. Sonunda daha düz, daha geniş bir yola çıktılar.

Sağdan soldan çam ağaçları göründü. Nodar adamdan durmasını istedi. Kızı kolundan tuttu, sonra vazgeçti. Arabadan yalnız indi. Kamyonetin arkasından dolaşıp geri döndüğünde elinde halat vardı. Kızı kolundan çekiştirdi. Ruso kendini geri çekmeyi denese de buna gücü yoktu. Nodar öfkeden delirmiş gibiydi. Arkasına bakmadan kızın bitkin bedenini sürüklüyordu. Ruso ağlamıyordu, zor duyulan bir sesle onu bırakması için yalvarıyordu. Yol ormanın içine doğru derinleşiyordu. Nodar durdu, ağlamaya başlayan Ruso'nun yüzüne iğrenerek, tehdit eder gibi baktı. "Bırak ne olur, bırak gideyim," diye yalvaran Ruso'ya bütün kuvvetiyle bir tokat attı.

Ruso yere serildi, ama Nodar onu sırtından yakaladı ve çam ağacının dibine kadar taşıdı. Kol ve ayak bileklerine halat doladı. Ruso hareket edemiyordu. Ağaca o kadar yapışıktı ki başını bile rahatça çeviremiyordu. Atılan tekme ve tokatlara aldırmadan, sesi ve gücü yettiği kadar bağırıyordu. Bir el onun ağzına kirli bir mendil sokuşturdu. Aynı kaba el kanlanmış eteğini kaldırdı. Ruso bedeninin içine kurşun döküldüğünü hissediyordu. Bağırmak istiyordu ama sesi çıkmıyordu. Boğazında gözyaşlarıyla taşlaşmış yumruğunu yutmak, itmek istiyordu ama nafile... Gözlerini sıkı sıkı yumdu. Kasıklarının arasına giren sert cismin canını yakmasına katlandı. Az sonra yanında kimse yoktu. Yağmur yağıyor, onu tepeden tırnağa kadar ıslatıyordu.

Üzgünüm anne, senin kıymetini bilemedim. Seni çok özledim, bir an evvel beni yanına al, ne olur, diye içinden annesiyle konuştu.

Hava kararmak üzereyken dışarıda bardaktan boşalırcasına yağmur yağıyordu. Paydos sonrası işçiler zemin kattaki geniş alanda toplanmıştı. Sağdan soldan topladıkları tahta karton parçalarını ateşe vermişlerdi. Ortada amaçsızca duran tahta masanın çevresinde çoğu genç olan işçiler sıralanmış, oturuyorlar, kuru ekmek, peynir ve votkadan oluşan yemeklerini yiyor ve bir yandan da özledikleri ailelerinden, yattıkları fahişelerden kaba bir biçimde bahsediyorlardı. İşçilerden Vaja, Nodar'ın arkadaşıydı ve sofralarına misafir olan Nodar dakikalardır ona derdini anlatmaya çalışıyordu. Bu sırada Ruso arabadaydı. Nodar kendisine uzatılan votka dolu bardağı geri çevirmemişti. Hepsi çakırkeyif olmuştu. Vaja ona kızı hava kararınca getirebileceğinden bahsetmiş ve eklemişti: "Buraları bilirsin, herkes kadına aç. Onu fark ederlerse gerisini sen düşün." Nodar olacakları gözünün önüne getirip şeytanca gülümsedi. Kolundaki saate baktı. Kalabalığa göz attı. Dört kişi eksilmişti. Bu iyiye işaretti. Az sonra gök gürültüsü horlama sesiyle yarışıyordu.

İki kişi Ruso'nun sırılsıklam ve titreyen bedenini ikinci kattaki naylon kaplı odaya taşıdılar. Onu kirli döşeğin üzerine yatırdılar. Vaja kızı süzdü. Homurdandı. "Peki, burayı size verince, benim kârım ne olacak?" Nodar kaşlarını kaldırdı ve cebindeki son sigarayı yaktı. Başını öne eğip sustu. O gece Vaja Ruso'nun ikinci erkeği olmuştu.

16

Makvala ne yapıp ne edip Mişka'nın kanına girmişti. Bize ait bir ev, bir yuva olsun diyordu sürekli. Geçici olarak Tiflis'in meşhur sokaklarının birinde bir daire kiralandı. Makvala'nın seçtiği mobilyalar alındı. Gardırobu giysilerle, buzdolabı yiyeceklerle doldu. Makvala bununla da yetinmedi. Mişka'yı daha ağır sorumlulukların altına sokmak için bir işi daha vardı. Kadın doğum doktorundan randevu aldı.

Ameliyat bitip hastanedeki odasına getirildiğinde gözlerini aralayıp doktora, "Bitti mi?" diye sordu zar zor duyulan yorgun sesiyle. Adamın cevap verdiğini duymadı ama kafasını olumlu anlamda salladığını gördü. Gözlerini tavana dikti. Başı dönüyordu ama içi rahattı. Artık eskisi gibi bakireydi, Mişka'ya o unutamayacağı geceyi yaşatmaya kararlıydı.

Kötü biri miyim diye düşündü bir an, hayır sadece kendisi için savaşıyordu.

Makvala iyileştiğinin ertesi günü, Rustaveli sokağının en meşhur kafesinde caddeye bakan tek kişilik masayı seçmişti. Kendini dayak yemiş gibi yorgun hissediyordu. Operasyonun etkileri hâlâ tam olarak geçmemişti, biraz kötü hissediyordu. Sokağa baktı. Rüzgârın sonsuz kuvvetinden korktu.

Kendinden korktu. Sonra, insanın bir tek yuvası olur diyen Tina'yı hatırlayıp bir kahkaha attı. Onun ne ailesi ne de yuvası vardı, 2008 yılı ondan hepsini almıştı. Onun için artık tek bir şey vardı, o da paraydı. Daldığı düşüncelerden uyandığında karşı masadan birkaç gencin kendisine baktığını fark etti. Delikanlılar ona bakarken kendini öyle kaptırmışlar ki yanlarındaki kız arkadaşlarını unutuvermişlerdi. Bu durumu sezen Makvala'nın koltukları kabardı. Kendine güveni arttı.

Mişka beni istiyorsa, kesenin ağzını açmalı, diye düşündü.

Büyük bir hevesle evin yolunu tuttuğunda hava kararmak üzereydi ve Mişka'nın gelme saati yaklaşıyordu. Makvala o günün şerefine şahane bir sofra kurmuştu. İşlerini bitirir bitirmez banyoya koştu. Bedenini sıcak su ile dolu küvete bıraktı. Gözlerini kapattı ve iç huzurunun içinde eridi. Kadın olmanın tek ve basit bir kuralı vardı: Güzel ve akıllı olmak.

Aptal Mişka, diye geçirdi içinden. Az sonra beyaz havlu ile kurulandı. Kendini bir kurbanlık koyun gibi süsledi. Aynaya bakıp kulağının arkasından ona fısıldayan sese gülümsedi.

Bir gün o alçak babası ona kız çocuğu şeklinde bir kumbara hediye etmişti. Başının tam ortasında para atılması için bir delik vardı kumbaranın ve içinde biriken para alttan alınıyordu.

Çok kötüyüm diye düşünürken zil çaldı.

Mişka elinde kocaman bir buketle kapıda belirdi. Adam, adeta elma şekeri ile ödüllendirilmiş bir çocuk gibi kızın yüzüne bakıp gülümsedi. Makvala'nın üzerinde kan kırmızısı bir elbise vardı. Kar beyaz yüzü alev alev kızarmıştı. Gri gözlerinin çevresini kara kalemle boyamıştı. Kirpikleri simsiyah, gür ve uzundu. Saçını epey uğraştıktan sonra güzel bir topuz yapmıştı. Tuhaftı, belki de kendini ele vermekten korktuğu içindi bu kadar süs püs. Yanılmamıştı, çünkü Mişka o gece gerçek Makvala'yı göremedi. Makvala'nın ondan kaçırdığı gözlerini göremedi. Onun derdi sadece kan kırmızı elbisenin içinde olandı.

Makvala kibar bir teşekkürden sonra çiçekleri aldı. "Çok güzeller!" deyip adamın buruşuk yanağına kısa bir öpücük kondurdu. Onu kutu gibi fakat şirin, cıvıl, cıvıl renklerle döşenmiş olan evine davet etti. Mişka'nın bugün bu eve ilk gelişi değildi.

Ama Makvala için de, onun için de o gece farklı olacaktı, çünkü Mavkala farklı bir ruh halindeydi. Kız çiçekleri vazoya koydu. Camın önünde sarkan perdesini avuçlayıp, duvarın dibine çekiştirdi ve ışıl ışıl parlayan şehre şöyle bir baktı. Kollarını Makvala'nın beline dolayan Mişka'ya zoraki bir gülümsemeyle döndü. İntikamını nasıl aldığını bütün şehrin görmesini ister gibiydi. Aklında sürekli, geleceğimi düşünmem gerek, işleri bir sıraya koymalıyım gibi düşünceler dolanıyordu. Artık bir tiyatro sahnesinde çırılçıplaktı ve ardından gelecek dehşet dolu sahnelerden henüz haberi yoktu.

Sofra şahane görünüyordu. Bol yiyecek, kırmızı şarap ve sofranın ortasında birkaç mumu ağırlayan şamdan duruyordu. Makvala bir zamanlar erkekleri elde etmenin yollarını bir dergide okumuştu. Onları sofrada ve yatakta memnun etmek ve bakımlı olmak ilk kuraldı. Aklından geçenlere sesli bir şekilde gülünce, Mişka, "Neden gülüyorsun?" diye sordu ve elini tutması için uzattı.

"Mutluyum, hem de hiç olmadığım kadar," dedi Makvala.

Mişka onun yanağına düşen bir tutam saça kibarca dokundu ve dudağına götürdü. Makvala olanlardan iğreniyordu.

Bu geceyi bitirmek için daha fazla şaraba ihtiyacı vardı. Yine de sevimli davranıyordu, çünkü öyle olması gerekirdi. Gece yarısı olup ışıklar sönünce, Makvala için her şey daha da zorlaşmaya başlamıştı.

17

2009'un soğuk bir Aralık akşamıydı. Şehir eski yılı uğurlamaya, yeni sürprizlerle dolu yılı karşılamaya hazırlanıyordu. Kimi kalp kırıklığına, kimi hasret acısına katlanıyor, kimi ise acı günlerin geride bıraktığı için yeniden doğuyordu. Herkesin kendine çekildiği bu zamanda hayat bildiği gibi akıp gidiyordu.

Despine kapıdan çıkmak üzere olan Mişka'nın kolundan sertçe çekiştirip, "Nereye?" diye bağırdı, öfkeden titreyen sesiyle. Mişka karısına yüzünü çevirdi ve sinirle karısının tuttuğu koluna baktı. Despine gürültülü bir öfkeyle onu süzüyordu.

"Sen delirdin mi!"

"Evet delirdim! Bunu kabul etmesen de delirdim! Bugün yılbaşı ve sen beni öylece yalnız bırakıyorsun! Nereye gideceksin söyle!"

"Saçmalama!"

"Saçmalık mı? Böyle bir günde benden kıymetli kimin var?"

Bağırırken bir yandan adamın göğsünü yumrukluyordu Despine. Sinir krizleri geçiren kadın yüzüne inen sert tokatla yere yığıldı. Ayağa kalkıp kapıdan çıkmaya hazırlanan kocasının paltosuna yapıştı.

"Dua et de düşündüğüm gibi olmasın, yoksa seni kendi ellerimle gebertirim! Yemin ederim gebertirim!"

Mişka karısının elinden kurtulup sokağa fırladı. Parlak ışıklarla kendini avutan şehrin ıslak, soğuk sokaklarında hızlı hızlı yürüyordu. İçinde mantıkla tutkunun savaşı sürerken bir ara kendini frenledi. Yolun ortasında öylece durup sağa sola bakındı. Olağandışı bir şey göremedi. Şehir aynı şehir, sokaklar aynı sokaklardı. Farklı olan kendisiydi. İçindeki yabancıyla aniden karşılaşmanın şaşkınlığıydı bu, sanki içinde iki farklı insan vardı ve onların kavgasından bunalmıştı. Bu savaştan sıyrılmak için bir taksiye atladı ve ayaklarının onu götürdüğü adresi verdi.

***

Karısı kapının arkasında yerde öylece bırakmıştı kendini. Yüzünü titrek avuçlarının arasına gömmüş, ağlıyordu. Kendini aşağılanmış, değersiz hissediyordu ve böyle hissetmesine sebep olan o kızdan intikamını mutlaka alacaktı. Nasıl ve ne zaman olduğunu henüz bilmese de yapacaktı bunu. Onun acılar içinde kıvrandığını görmek istiyordu. Peki ya sonra, diye düşündü. İş paraya gelince bundan vazgeçemezdi. O an vicdanı kulağına fısıldadı: "Hayat bir dönme dolaptır. Kadın birden ayağa fırladı. Bir süre evin içinde deli gibi dolandıktansonra kendini dışarıya attı. Saatlerce yürüdükten sonra, havanın kararmasına yakın girdiği sokakta bir arkadaşının oturduğunu fark etti. Ondan yardım isteyebilirdi. Örneğin kocasına telefon açabilir, kendisinin çok hasta olduğunu söyletebilirdi.

Belki böylelikle kocasının dikkatini çekmeyi başarırdı. Sonra durup düşündü, daha neler diye geçirdi aklından. Bu kadar aciz, bu kadar zavallı değildi. Olmamalıydı. Bir hışımla eve döndü ve Mişkayı aradı. Telefonu kapalıydı. Sinirle telefonu fırlattı, eline geçen eşyalardan çıkarıyordu sinirini. Ev savaş alanına dönmüştü. Ne yaparsa yapsın sakinleşemiyordu.

Dünyadaki bütün afetlerden sonra bir durgunluk, bütün fırtınalardan sonra bir sakinlik yaşanır, ama aldatılan kadının içinde kopan fırtınayı kimse dindiremezdi.

Bir süre sonra soğuk suyla yüzünü yıkadı, biraz sakinleşmeye çalıştı. Sonra yatak odasına gidip elbiselerine göz gezdirdi. Her bir elbise ona bambaşka anılarını, kocasıyla geçirdiği mutlu günleri hatırlatıyordu. Sonra kocasının en sevdiği elbiseyi seçti ve aynanın karşısına geçip en güzel makyajını yaptı. Aynada kendini bir müddet izledi. Korktuğu gerçeklerle yüzleşme zamanının geldiğini düşünerek dışarı çıktı ve birkaç gün önce öğrenip ezberlediği adrese doğru yol aldı.

Mişka son zamanlarda bu adrese sık sık çiçekler gönderiyordu. Bunu çiçekçi çocuğa bahşiş vererek öğrenmişti. Malum adrese geldiğinde sokak lambalarının cılız ışığın altında zar zor görülen binaya baktı. Eve bir adım daha yaklaşmaktan, yüzleşeceği gerçeklerden ölesiye korkuyordu. Eğer o anda durur#sa o kapıyı hiç çalamayacaktı. Adımlarını hızlandırdı, beşinci kattaki beyaz kapının önünde durdu. Bu kapı ona zayıflığını, hayallerinin ve sevincinin tükenişini anlatıyordu.

Kapıyı çaldı, açan olmadı. Bir an yanıldığını düşünüp rahatladı. İhanetin altında ezilmek fikri onu mahvediyordu. Bu duygunun verdiği hınçla kapıyı bir kez daha çaldı. Az sonra anahtar sesi duyuldu, kapı aralandı. Kadın senelerdir benim dediği erkeğinin yarı çıplak bedeninin içerden belirdiğini görünce, dünyası başına yıkıldı. Hakaretler yağdırıyor, bağırıyordu. Mişka'yı itip içeri daldı. Artık kontrolü kaybetmişti.

Makvala'nın yüzünü parçalamak istiyordu. Masadaki pasta tabağının kenarında duran bıçağı gördüğünde artık öfkesinin zembereği boşalmış, mantığını yitirmişti. Bıçağın eti deldiği an, doğruyla yanlış birbirine girmişti.

Az sonra kanlı elleriyle sokakta koşuyordu Despine. Yağmur iyice hızlanmıştı.

18

Ruso pencereye gerilen ve bir köşede yırtılmış olan şeffaf naylonu araladı. Dışarıdan öğle paydosu yapan işçilerin kaba saba, gürültülü konuşma sesleri duyuyordu, ama onları göremiyordu. Az sonra sesleri daha net duyan Ruso, birkaç kişiyi yola çıkarken gördü. İyice baktığında beş kişi olduklarını fark etti. Onları iyi tanırdı. Beşi de evliydi. Vaja, elli yaşlarında, kel, şişman, kalın sesli, çenesi düşük bir adamdı. Sabaha kadar konuşur, sabaha kadar sevişirdi. Eşini bir zamanlar çok sevmişti. "Ama aşk bitiyor," diyor, karısını artık beğenmediğini söylüyordu. Onun yanında elinde kirli valizi ile Teneke dedikleri adam dikiliyordu. Çirkin, çelimsiz biriydi. Sürekli onu böyle doğurduğu için annesine küfrederdi. Tatlı sevmezdi ama sadece Ruso için yanında taşırdı. Sevişirken kızı köpek gibi ısırıyordu. Orada üç dört kişi vardı ki sadece iki üç saatlik bedelini ödüyordu. Bu durumda Ruso bir gecede iki, üç kişinin zevk oyuncağı oluyordu. Bu durum onun en büyük kâbusuydu ve artık Tanrı'ya canını alması için yalvarıyordu.

Yılbaşı gecesi gelmişti. İşçiler ailelerini ziyaret edeceklerdi. Yola çıkan kamyonet onları toplamaya başladı. Ruso on kişi saydı, biri eksikti. Eksik olanın Goça olduğunu fark edince derin bir nefes aldı. Goça otuz yaşlarında, esmer, bıyıklı, yapılı bir delikanlı idi. Sessiz ve kibardı. Ruso için Nodar'a parasını ödüyor fakat asla kıza dokunmuyordu. Onunla muhabbet edip sonra da arkadaşlarının yanına dönüyordu. Ruso ondan korkmuyordu. Hatta güveniyordu da, çünkü onun gözlerinden kendi acısını okuyordu. Goça Ruso'ya üçüncü ziyaretinde neden bunu yaptığını sormuştu. Genç adam, Ruso'nun kederli bakışına kederle karşılık vermiş, sorduğu sorudan utanmıştı. Bir müddet kekeledi. Sonra, "Aman boş ver. Bazı soruların cevapları olmuyor," dedi. "Annem babamı terk edip kaçtığında nedenini kimse bulamadı, ama muhakkak vardı." Ruso onu can kulağı ile dinliyor ama susuyordu.

Genç adam kızın titrek ellerine dokundu. "Sen bu güzelliğini, masumiyetini annenden mi aldın?" diye sordu kızın utangaç yüzüne bakarak.

Ruso kafasını hayır der gibi sallarken çenesi şiddetle titriyordu. O an adam: "Anlaşılan aynada kendini görmek istemiyorsun," demişti. Sözünü bitirince cebinde gizlediği kitabı çıkarıp tek kelime söylemeden Ruso'ya uzatmıştı. O an Ruso onun derin bakışından yaralı ruhunu okuduğunu hissetti. İçinden ona sarılmak, teşekkür etmek geldi. Ama kendinden utandı. Şimdi kamyonete binmek üzere olan Goça'ya bakarken de aynı hissi taşıyordu. Goça o an omzunun arkasından kızı hapsettikleri inşaatın kuru odasının naylon kaplı penceresine bakıyordu. Ruso içindeki dürtüyü dinleyip tahta kapıya doğru koştu. Ağlıyordu. İçinin tükendiğini hissediyordu. Birden duvara çarpan bir kuş gibi yere yığıldı. Ağlayarak kurutulmuş kelebekleri anımsadı. İç geçirdi. Boğuluyordu. Tanrı'dan aklını almasını istiyordu. Belki o zaman son bir yılda yaşadıklarını unuturdu. Aklından korkunç düşünceler geçti. Bu adamlardan, yapabileceklerinden korkuyordu. Ölüm arzusu kuvvetlenmişti. Odaya bakındı.

Hayatına son verebileceği sert bir cisim ya da ip aradı. Birden Goça'nın ona verdiği kitaptaki cümleyi anımsadı: Sakın umutsuzluğa kapılma, buradan kurtulacaksın. Kitabı bulup o sayfayı açtı. Gözyaşları elinin tersi ile sildi ve sesli okumaya başladı: Aynadaki görüntüm birebir ben olsam da onu tanımıyorum. Daha doğrusu onu tanımak istemiyorum.

Onun yüzüne tükürmek en büyük arzumdur. Gözyaşlarıyla puslanmış bir bakışa sığınarak yanlış gördüğümü düşünüyorum. Gözlerdeki saflık kullanılmamalı, çaresizlikten idam ipine asılmamalı.

Ben aynada gördüğüm kişi değilim! Onun yüzü kapkara. Bu sadece yazarın uydurmaları; ben beyaz elbiseler giymiş bir kraliçeyim. Değerli taşlarla bezeli bir tacım var ve bütün sevdiklerim yanımda, diye sayıklıyordu Ruso. Bu hayata katlanmanın bir yolunu arıyordu. Gözlerini yumdu. Ben kurutulmuş kelebeklerin sahibiyim! Affet beni anne, hayat benimle on altı senedir oynamış. O zamanlar ne kadar mutluymuşum meğer. Tanrı'nın verdiklerini reddetmekle ne büyük hata yapmışım. İşte bütün verdiklerini geri aldı. Şimdi cehennemdeyim. Çaresizim. Bırak da şimdi aynı oyunu oynayayım. Aklını korumak için buna ihtiyacım var! Eğer bunu yapmazsam aklımı oynatırım. Kurutulmuş kelebekleri unuturum.

Ruso gözlerini sıkı sıkı yumdu. Elini başında gezdirdi.

Tacı orada idi. Gülümsedi. Bugün onun için sıradışı bir gündü. Yılbaşını cehennemin pençesinde geçiriyordu. Ama şu an kendini bir derecede şanslı sayıyordu. İnşaat boştu. Ne gürültü yapan ne de onun bedenine sahip olmak isteyen biri vardı. Hayatında ilk defa yılbaşı gecesini aç geçiriyordu. Odanın soğuğu insanın kemiklerine işliyordu. Sonunda dizlerini karnına doğru çekerek yattı. Kitaptaki satırlar zihninde dönüp duruyordu. Bir müddet sonra uyuya kaldı.

Ruso bir yerlerden duyulan bağırış, çağırış, küfür dolu öfkeli seslerle korku içinde uyandı. Nodar boğuk sesiyle, "Herkese yetecek, merak etmeyin, sırayla," diye bağırıyordu. Ruso kalabalığın yaklaştığını duyuyordu. Az sonra kapının arkasında yığılan eşyalar sağa sola atıldığı için şiddetli bir gürültü koptu. Biri, "Eğer güzel değilse seni beceririz, bilmiş ol," diye bağırdı. Kalın sesli biri, "Sizi buraya ben getirdim, ilk ben olacağım!" demişti.

Ruso ayağa fırladı, ne yapacağını şaşırmıştı. Sert bir cisim aradı, bulamadı. Gözlerini korkudan sıkı sıkı yummuş, dua ediyordu. Dışarıdaki adamların kavgası şiddetlenmiş, sonra seslerden anladığı kadarıyla biri bıçaklanmış ve bir ölüm sessizliği olmuştu.

Ruso yarım açık kalmış kapıyı açti. Adamların arkaları dönükken bir anda oradan sıvıştı. Kan ter içinde inşaattan kaçmaya başladı.

Koştu, koştu...

19

Mişka o gün Makvala'yı hastaneye güçlükle yetiştirdi.

Polisleri rüşvetle susturdu çünkü bu rezaletin duyulmaması gerekirdi. Doktora Makvala'nın ölmemesi için yalvardı, ona haddinden fazla ödeme yaptı. Üç gün sonra Makvala'yı hastaneden çıkardı. Ona genç bir bakıcı tuttu. Sonra da günlerce ortalıktan kayboldu.

Makvala'nın sinir krizlerine daha fazla dayanamayan bakıcı dört gün sonra kaçtı. Makvala kendine bakamayacak durumda idi. Kanlı çarşafın üzerinde neredeyse kıpırdamadan yatıyordu. İnsanın tek bir ailesi olur cümlesi hep zihnindeydi.

O bir haindi. Halasının kocasını ayartan bir fahişeydi. Bütün bunları düşünüyor, bir yandan da içini kemiren intikam arzusuyla savaşıyordu. O evin anahtarlarına kavuştuktan sonra Mişka'dan kurtulmalıydı.

Aradan yaklaşık üç hafta geçti. Dışarıda fırtına vardı.

Makvala koltuğunun kıyısındaki gri battaniyeye sarılmış oturuyordu. Birden kapı alacaklı gibi çalındı. Mişka'nın sonunda geldiğini düşünüp kapıyı açtı ama hiç tanımadığı genç bir adam belirmişti. Makvala bu yabancıyı korkuyla ve merakla süzdü. Fiziği düzgün ama kötü giyinmiş biriydi gelen. Elinde hiç bırakmadığı bir valizi vardı ve üstü başı sırılsıklamdı.

"Beni içeriye almayacak mısınız?" diye sordu soğuktan çatallaşmış sesiyle.

Makvala şaşkınıkla kafasını salladı. Adam yirmi yirmi bir yaşlarında olmalı idi. Esmerdi. Köşeli fakat zarif yüz hatlarına sahipti. Gür, şekilli kaşlarının altından iri kömür karası gözleri belirginleşmiş ve yüzü tıraşlıydı. Dudakları dolgun, şekilliydi. Sağ yanağında gamzesi vardı. Dalgındı. Bir aksilik yaşadığı her halinden belliydi.

Makvala kendini bildi bileli yakışıklı erkeklerden hoşlanırdı. Üstelik bu adam çok hoştu ve merakını uyandırmıştı.

Adam Mişka'dan intikam almak için harika bir fırsat gibi görünmüştü gözüne.

"Kimsin sen?"

"Ben Giorgi'nin arkadaşıyım."

"Onu tanımıyorum."

Birden gencin elindeki valiz yere düştü, adam yere yığıldı.

Makvala onu şaşkınlıkla izledi. Ona dokunup ne olduğunu sormak için bir adım attı. Durakladı. Az önce kesilen elektrikler gelmişti. Makvala'nın dikkatini adamın gür dalgalı saçlarının arasına sıkışmış iri, soğuktan çatlamış elleri çekti. Birkaç dakika sonra, delikanlı doğruldu. Kızın yüzüne yürek yakan bir bakış fırlattı. Elini sallayarak özür diledi. Makvala'ya sırtını döndü ve onun duyamadığı bir sesle bir şeyler geveledi.

Makvala onun koluna yapıştı, heyecanının dinmesini bekledi.

Ona soru dolu bakışlarla bakan delikanlıya, "Gidecek bir yeriniz var mı bari ?"diye sordu.

Delikanlı, "Yok," diye kafa salladı. Makvala gülümsedi.

"Bu gece burada kalabilirsin. Bu havada bırak insanı, köpeği bile sokağa salmazlar." Makvala bu kelimeleri söylerken Mişka'dan intikamını alıyordu ve gerçek aşka kafa tutmanın ne kadar zor olduğundan habersizdi.

20

Ruso koşuyordu. Her saniye daha da alçalmakta olan gökyüzünden, her saniye daha da yükselen korkusundan kaçıyordu. Karışık, dönemeçli, çamurlu yolun kıyısından ana yola fırladı. Ortalık karanlıktı. Sadece ara ara yoldan hızla geçen araba farlarının ışıkları uzuyordu. Arkasına baktı.

Onu takip edeni göremeyince derin nefes aldı. Temiz hava onu çarpmıştı. Burada sigara dumanı, alkol ve ter kokusu yoktu ama bol bol belirsizlik vardı. Şimdi nereye gidecekti, ne yapacaktı hiçbir fikri yoktu. Daha kötüsü ne olabilir diye düşünüp yürümeye başladı. Bir süre ilerledikten sonra arkasından bir kadın:

"Hey, sen, dur. Yardıma ihtiyacım var, lütfen!" diye bağırdı. Karanlıkta parlamakta olan arabanın farlarının altında bir siluet gördü. Durakladı. Sonunda emin olmayan adımlarla yabancıya doğru yürümeye başladı. Karşısında sarı gür saçlı kız duruyordu. Kötü hava saçlarını iyice dağıtmıştı. Gergin görünüyordu. İlk görüşte şaşı olduğunu düşündüren birbirine çok yakın siyah gözleri vardı. Üzerine oldukça bol kesimli, uzun, siyah deri mont giymişti. Yabancı kız Ruso'yu görünce yardım istemeyi unutup onun perişan halini incelemeye başlamıştı. Ruso kirli saçları, gözlerinin altındaki halkalar, iskelete dönüşen yüzü ve uçuklarla dolu dudakları ile korkunç görünüyordu. Üzerinde bir erkeğe ait, yırtık, gri bir mont vardı.

Çıplak ayaklarına eski püskü bir erkek ayakkabısı geçirmişti.

Kızın yüzüne donuk bakışlarla bakıyordu.

"Yardım eder misin?" diye sordu kız şüpheyle.

Ruso cılız omuzlarını silkti. "Olur," diye geveledi.

Ruso arabayı ittirirken tuhaf bir hisse kapılmıştı. Beni gördüler. İnsan olduğumu görüp yardım istediler, diye düşündü. Bu duyguyu unutalı çok olmuştu. Arabayı bütün kuvveti ile itiyordu ama ne yazık ki sevinci çok uzun sürmedi. Ruso arabadan inen kızın sol lastiği tekmeleyip söylendiğini duyuyordu. "Bozulacak zamanı buldun, kahrolası demir parçası!" Sonra Ruso'ya bakıp, "Seni de yordum," dedi. Ruso belli belirsiz gülümsedi. Arabanın yanından geçip ıslak çamurlu yolda yürümeye başladı. Birkaç adım kala arkasından seslendi. "Nereye gidiyorsun! Ben burada yalnız kalmaktan korkarım!"

İki kız arabanın ön koltuğunda oturuyor, konuşmuyorlardı. Ruso ağrıyan şakaklarını ovalıyordu. Ruso yanındaki kızın yüzüne baktı. Onun yerinde olmak istedi. Başını omuzlarının arasına gömdü. Şehrin herhangi bir kaldırımına oturup dilensem mi diye düşündü. Bunu hiç yapamazdı. Hayatta ona zarar veren en çok insanlar olmuştu. Şimdi o insanlardan yardım dilenemezdi. Ya mezarlık? Mermerin soğuk taşları?

Orada ona dokunan kimse olmazdı. Varlık ve yokluk arasında kaybolmak en büyük arzusuydu ama bu da imkânsızdı.

Birinden birini seçmek zorundaydı, ya yaşayacaktı, ya da kendini ölümünün kucağına bırakacaktı.

Bütün bunları düşünürken ona dokunan eli hissetmemişti bile.

"İyi misin?" sorusuna cevap bile veremedi. Sonunda çenesini sertçe tutan elinin sarsıldığını hissetti. Sıçradı. Yabancı kıza dehşet içinde baktı. Susuyordu.

"Nerelisin?"

"Gori'liyim."

"Annen baban orada mı?"

"Savaşta öldüler."

"Özür dilerim. Senin canını yakmak istemedim. Şimdi sen nereye gidiyorsun acaba? "

"Hiç! Hiç bir yere gitmiyorum. Gidecek yerim yok benim."

" Nereden geliyorsun?"

Ruso sustu, artık tek kelime bile konuşmadı.

Sabaha karşı, bu aylarda nadir görülen güneşin pırıltısı cılız cılız yansıyordu. Ruso gözlerini açtığında yabancı kız yolun kıyısında şişman bir adamla karşı karşıya durup el hareketlerinin yardımı ile hararetli bir konuşma yapıyordu.

Az sonra adam oralarda park halinde duran beyaz arabasına binip uzaklaştı. Yabancı kız arabaya doğru yürüdü. Ruso'ya bakıp şöyle dedi.

"Seni uyandırmak istemedim çünkü bütün gece inleyip durdun, ancak sabaha karşı uykuya dalabildin. Giden adam arabada benzinin olmadığını söylüyor. Oysa ben depoyu yeni doldurdum. Yaparlar! Bu aç memlekette her şeyi yaparlar! Demek ki ben içerde yemek yerken birileri bu işi yaptı.

Her ne ise ben gidip ileriki istasyondan benzin alayım. Sen beni burada bekle. Hem arabaya göz kulak olursun, hem sonra seni ne yapacağımızı düşünürüz."

Yabancı kız elinde beyaz bidonla siyah montunu savura savura oradan uzaklaştı. Kısa sürede eli dolu döndü. Araba hareket etmeye başlamıştı. Ruso bir ümidi kıl payı yakalamış ve onu kaçırma korkusuyla koltukta kıpırdamıyor, hatta nefes bile almıyordu. Hem umudu, hem korkuyu bir arada yaşıyordu. Araba yeni uyanan şehre girdiğinde kızın heyecanı gittikçe arttı. Gördüğünün doğru olduğuna inanmak istiyordu, kurtulmuştu ve şu an onu düşünen biri yan koltukta oturuyordu.

Şehir dün gecenin soğuğundan solgundu. Sakin ve sessizdi. Hayat devam ediyordu. Kız birkaç dönemeçli sokağa girdi. Sonunda arabayı durdurdu. Gözlerini karşı apartmana dikip, parmağı ile göstererek "Bu da benim apartmanım," dedi.

Bina eski, camları küçüktü. Duvarları renksiz, kirli yer yer döküktü. Burası baba evine o kadar çok benziyordu ki...

Ruso gözlerini yumdu, Tanrı'dan sabır diledi. Yabancı kız arabaya yaklaştığında Ruso'yu arabanın dışında, kabuğuna çekilmiş korkmuş bir kaplumbağa gibi dururken buldu. Ağlamıyordu ama yanakları sırılsıklamdı. Yabancı kız omzuna dokundu. "Gel eve çıkalım, hem açız, hem yorgunuz. Ruso kızı takip ederken bir an durakladı.

"Adın ne?" diye sordu.

Kız arkasına bakmadan, "Tea," dedi.

"Bana neden yardım ediyorsun?"

"Macera olsun diye."

İkisi aynı anda kıkırdamaya başladı. Tea'nın evinde tek bir oda, mutfak ve banyo vardı. Odada kırmızı kadife koltuk, ahşap geniş bir sandık ve büyük ekran televizyon vardı. Burada her şey hemen hemen yeniydi. Tea üzerindeki montu koltuğa fırlattı. Kıza bakıp göz kırptı. "Bir banyo ikimize de iyi gelir," dedi. Dar koridorun sonuna kadar yürüyüp banyonun kapısını araladı. Onun arkasında duran Ruso'ya bakıp, "Önce sen gir istersen," dedi.

Ruso sustu, gözlerini yere eğip kızardı. Tea onun omzuna şefkatle dokundu. Ruso montunu sıyırdı. Altta kolları sökük, yırtık, kirli kazağı vardı. Üzerindeki eğreti duran etek bir zamanlar kahverengi olmalıydı. Ayakları çıplaktı. Tea, ölmek üzere olan bir yaratığa bakar gibi gergindi. Kızın haline üzülüyordu.

Ruso aylardır sıcak su yüzü görmemişti. Şimdi ise suyun tadını çıkarıyor, tüm pisliklerden arınmak istiyordu ama bunun artık mümkün olmayacağını iyi biliyordu. Keşkelere engel olamıyordu. Yaşadıklarını ona unutturacak bir fırtına, bir felaket diledi. Beyaz havluya sarınırken ağlamamak için kendini zor tutuyordu. Aynaya bakmadan yürüdü. Bu kutu gibi evin içindeki serbestliğin, huzurun büyüsünün bozulmasını istemedi. Bir adım daha attı. Yemek kokularının geldiği mutfağa doğru yürüdü.

Dar mutfaktaki beyaz masanın üzerine iki kişilik servis açılmıştı. Sofrada ekmek ve lahana turşusu vardı. Ocaktaki mor menekşe çiçekli tencerede çorba kaynıyordu. Ruso kapıda durakladı ve her zamanki küçük oyununu oynamaya karar verdi. Ben bir kraliçeyim, başımda süslü tacım, diye geçirdi içinden. Kirden arınıp yumuşamış saçlarına dokundu.

Kız kendinde değildi. Duyduğu huzurla sersemledi. Elindeki siyah torbayı ona uzatıp, "Bunlar senin giysilerin!" dedi.

Ruso gözlerini açabildiği kadar açtı. Dünyadaki tüm sevinç karelerini aynı anda görmek ister gibiydi. Hem gülümsüyor, hem ağlıyordu. Hızlı adımlarla odaya doğru yürüdü. Poşeti boşalttı. İçinden üç şık kazak, iki kot pantolon, açılmamış paketin içinde üç çift iç çamaşırı, çorap ve uzun siyah etek vardı.

Ruso baklava dilimli pembe kazağı, bedenine bol gelen kot pantolonun üzerine geçirip aceleyle mutfağa gitti. Bu yabancı kıza sarılıp defalarca teşekkür etmek istedi ama onu görünce durakladı. Masanın başında onu bekleyen Tea'ya sevinçle parlayan gözlerle bakıp, "Hakkını nasıl öderim," derken, heyecandan elleri titriyordu. Tea gülümseyerek, "Hak mak yok, oturalım da bir şeyler yiyelim, acıktım," dedi kıza, karşıda duran tabureyi göz işareti ile göstererek. Ruso sofraya baktı. Tabaktaki çorbalardan sıcak buhar yükseliyordu. Oturdu.

Onun için koyulan kaşığı eline alıp çorbanın içine daldırdı.

Uzun zamandır midesine sıcak yemek girmemişti. İki üç kaşık mantar çorbasından sonra tıkandı. Tea göz altından onu izliyor, konuşmuyor, soru sormuyordu. Ruso'nun konuşmak istediğini ise hiç sanmıyordu. Onun yerinde olsaydı, kendisi de o kötü anıları dile getirmek istemezdi. Derin sessizliği dağıtmak için ayağa kalkıp buzdolabının üzerinde duran teybin düğmesine bastı. Ruso'nun daha önce duymadığı bir dilde çalan şarkı, hoşuna gitmişti. Ses bazen yükselip bazen yavaşlıyordu. Hüzünlü bir şarkıydı besbelli. Sözlerinin anlamını bilmemesine rağmen insanın tüylerini diken diken ediyordu.

Tea'nın yüzü dalgındı. Ruso onun birden düşen yüz ifadesine baktı, baktı… Tam içinden geçen soruyu soracaktı ki Tea fısıldadı.

"Bu kaset Türkiye'de anneme hediye edilmişti. Hoş bir ses değil mi?"

"Evet beğendim."

İkisi de yemek yemeyi bırakmıştı. Boş kaşıkları sıkı sıkı tutarak dalgınlığa teslim oldular. Sessizliği Ruso bozdu.

"Annen nerede?"

"Türkiye'de. Orda olmak zorunda, bu onsuz geçirdiğim altıncı yılbaşı."

Kız konuşurken sesi titriyor, duygularını bastırmak ister gibi sol ayağını durmaksızın titretiyordu. "Biliyor musun özel günlerde insan sevdiğinden ayrı kalınca daha çok koyuyor. Allah kahretsin bu parasızlığı. Kadın evini yurdunu, beni terk etti!" Tea'nın gözlerinden gözyaşları süzülmeye başladı.

"Onu özlüyorum Ruso. Çok özlüyorum." Bir yandan elinin tersi ile gözyaşlarını sildi.

"Yılbaşında izni yok mu?"

"Şaka yapıyorsun herhalde bir hizmetçinin izni mi olur. Zenginler eğlenir, fakirlerse onların arkalarını toplar. Hep böyle olmadı mı? Neyse en azından şimdiki patronları iyi insanlar. Orada huzurlu ki eve de huzurlu dönüyor. Biliyor musun, bir keresinde eve mosmor geldi. Yüzü gözü dağılmıştı. Onu o halde gördüğümde cinnet geçirdim. Benden ne olduğunu sakladı. Trafik kazasını geçirdiğini söyledi. Ama ben inanmadım tabii. Onu o halini kim görse inanmazdı. Annem o aralar o kadar çok zayıflamıştı ki... İnsan kaza geçirdi diye bu kadar hızlı kilo verir mi hiç, başka bir şey olduğu ve beni üzmemek için sakladığı o kadar belliydi ki." Tea yutkundu ve biraz su içti. Yüzünü pencereye çevirip birini bekler gibi sokağa baktı. "Ah memleketim, ne hale düştün! Sefilsin sefil! Acınacak durumdasın! Önceleri böyle miydi, yılbaşının gelmesini dört gözle beklerdik. O zaman köyde yaşıyorduk.

Küçük ama şirin bir evimiz vardı. Bahçede su akardı. Annem bir hafta önceden evinin temizliğine girişirdi. Tahta döşemeleri fırçalar, perdeleri yıkardı. Cevizli ballı gözinaki yapardı.

Fırında kızarması için küçük domuz sipariş edilirdi. Sonra onu bütün olarak geniş bir tepsiye koyar, yeşilliklerle süslerdi. Dolmalar, Rus salataları, pancar turşusu... Aklına gelen ne varsa pişirirdik. Babam o zamanlar sağdı. Ormandan evin tavanına değecek kadar büyük çam ağacı getirirdi eve. Ağacı süslemek bana kalırdı. Annem üzerine pamuk parçaları serper, "Al sana kar," deyip neşeli kahkahalar atardı. Televizyon izler, gülerdik. O zamanlar ne kadar çok gülüyormuşuz meğer. Dört gözle on ikiyi beklerdik. Bir birimize sıkı sıkı sarılırdık." Tea titriyor, sarsılarak ağlıyordu. Ruso yanına yaklaşıp omzuna şefkatle dokundu ve hafifçe okşadı. Kendini zorladı, ama onu teselli edecek kelimeleri bulamadı. Tea gözyaşlarını silerken buruk bir sesle konuşmayı sürdürdü.

"Bu yılbaşı eski günleri hatırlamak için köye, akrabaları ziyarete gittim. Gitmez olaydım. Kimi görsem çökmüş, yaşlanmış; çoğu hasta ve herkes mutsuz ve gergindi. Haksız değiller tabii, odun yok, yiyecek ekmek yok. O güzel zengin köy sofraları artık kupkuru. İnsanların üstü başı perişan. Beni ziyaret etmek için geldiler, bana dert yanıp ağladılar ve sonra yüzüme gülümseyip ne kadar şanslı olduğumu söylediler.

Sonra borç para isteyip annemin Türkiye'den taşıdığı yardım paketlerinin gelip gelmeyeceğini sordular. "Getirir umarım," dedim. İnsanları bu halde görmeye dayanamıyorum. Yardım etmek istiyorum ama elimden bir şeyi gelmiyor."

"Bu senin suçun değil. Herkes kaderini yaşıyor."

"Kader mi? Sahipsizlik desene şuna, nerde hükümetimiz!"

Tea iyice sinirlenmişti. "Ya senin başına gelenler!"

Ruso kızın yüzüne bakakaldı. Suskundu. Anlatma sırası ona gelince içini tuhaf bir korku sarmıştı. O zaman anladı ki ömür boyu susacaktı çünkü konuşmak istediğinde içinde bir yanardağ alevleniyor, soluğu kesiliyordu.

Şükürler olsun ki Tea'nın cep telefonu çaldı. Telefondakine, "Peki, görüşelim," diyen kız, koltuğun üzerinde bıraktığı montu üzerine geçirdi. Ruso'nun yanağından bir makas alıp kapıya doğru yöneldi.

21

Makvala delikanlının kararsız yüzüne baktı. "Peki, en azından yağmur dinene kadar kal." Bu genç adam Makvala için gökten düşmüş bir hediye paketi gibiydi. Genç adam kalmayı kabul etti, sonra dağınık, paspal haline bakıp Makvala'ya utanarak baktı. Makvala, ne kadar da masum, diye geçirdi içinden. Sinsi sinsi gülümsedi. "Orada banyo var. Valizindeki eşyaların ıslandıysa, eniştemin eşyalarından kalan birkaç parça var, değiştirebilirsin. Keyfine bak."

Delikanlı valizini sürükleyerek banyoya doğru yürüdü.

Makvala'nın onu takip eden bakışlarını üzerinde hissetse de başını yerden kaldırmadı. Bugün için yatacak bir yer bulmuştu, ama yarın ne olacaktı? Hayat bütün kapılarını yüzüne kapatmış, onu nefessiz bırakmıştı. Ben mi beceriksizim, hayat mı zor diye sorguluyor, yaşlı annesinin yüzü gözünün önüne geliyordu. Yarı aç yarı tok yaşayan, sıfırı tüketmiş bir adamdı işte, kendine kızdı. İçten gelen bir dürtü ile arkasına baktı.

Makvala ona gülümsüyordu. Gülümsemesine zoraki bir karşılık verdi ve banyonun kapısını araladı. Yarım umudu ile kendini avutmaya koyuldu.

Makvala'nın üzerinde tuhaf bir gerginlik vardı. Oturduğu koltuğun kollarını tırtıklıyor, Mişka'ya duyduğu öfkeyi üzerine kusmayı düşünüyordu. Ona sırtını dönen, cezasını çekmeliydi. İhanete ihanetle cevap verecekti. Madem ki karısına döndü, bunun bedelini ödeyecekti. İçinde ona karşı beslediği nefret gittikçe güçleniyordu. Bir an babasının öfke dolu yüzü gözünün önüne geldi. Annesini nasıl dövdüğü gözünün önünde canlanıyor, iğreniyordu. Gözünün önünde babasının öfke dolu yüzü belirdi.

İğrenerek titredi. Avuçlarıyla yüzünü kapattı. Kulaklarında annesini çığlığıyla ayağa fırladı. Makvala ömrü boyunca sığınacak bir yer aramıştı. Hayat onun için hep korunmasızlık ve ihanetle geçmişti. Erkenden büyümek zorunda kalmış, ama hep yaşayamadığı çocukluğunu özlemişti. Sanki derisi öfkeden yapılmıştı ve dokunan yanıyordu.

Genç adam banyodan çıkmıştı.

"Aç mısın?"diye sordu Makvala.

"Hayır."Yüzünde anlamsız bir şaşkınlık vardı.

"Otur."

"Peki."

"Sıkılma."

"Sıkılmıyorum."

"Kahve ister misin?"

"Olabilir."

Makvala kahve fincanını uzatırken tatlı tatlı gülümsüyordu. "Bana güvenebilirsin. Eğer bir derdin varsa..."

Delikanlı acı acı güldü. "İnsanlık öldü sanmıştım, meğer hâlâ yaşıyormuş." Makvala'nın yüzü ışıldadı.

"Belli ki dertleşecek çok şeyimiz var. Biz en iyisi birer bardak içki içelim ve içimizi dökelim ne dersin."

Delikanlı gülümsedi. "Ee," dedi Makvala buzdolabından çıkardığı yiyecekleri hazırlarken. "Adın ne?"

"Temo."

"Hangi rüzgâr attı seni buraya Temo"

"Rüzgâr mı? Arkadaş kazığı desek daha doğru olur."

"Arkadaş kazığı mı?"

"Bana iş vereceğine söz verdi."

"Nerde?"

"Ne nerde?"

"İş nerede?"

"Vake de Soso bar işletiyormuş."

Makvala delikanlıyı baştan aşağı süzdü.

"Nasıl olacak bu?"

"Eee bu yüze, bu fiziğe sahip birini mutfakta gizleyecek değildir herhalde."

"Alay mı ediyorsun benimle?"

"Hayır. Yanlış bir eve gelmiş olabilirsin ama bu kez doğru bara gideceksin."

"Bunu düşünmedim."

"Düşün istersen."

Temo'nun gözleri ışıldadı. Makvala'nın elinden tabakları alıp adımlarını takip etti. Küçük yaldızlı bardaklara votka doldurdu. Temo'nun tabağına yeni haşlamış patatesini, tuzlu balığın sırtını kibarca yerleştirdi. İkisi de sessizdi. Makvala içten içe kahkaha sesleri duyar gibiydi. Damarlarındaki kanın ısındığını, canlandığını hissetti. Bedeni kıpır kıpırdı. Önü açıktı, artık bir engeli yoktu. Ruhu huzurun kollarında göğe yükseliyordu. Sevinçten çığlık atmak, tekrar yaşadığını hatırlamak istedi. Gözü delikanlının sağ yanağında oynaşan gamzeye daldı. "Ya bu iş olmazsa," diye aklından geçeni sesli olarak söylemiş oldu. Temo kafasını kaldırıp kıza baktı.

"Eeee o zaman Türkiye'nin topraklarını öpeceğim. Kız şaşkınlıkla kaşlarını kaldırıp dalgın dalgın bakındı. Gencin yüzünde acı bir gülümseme belirdi.

"Bir bilsen ne evler yapıyorlar orada. Orada çalışırken sırtım yere gelmez sanmıştım ama yanılmışım, onlar bizi insan yerine koymuyorlar maalesef, sadece çalıştırıyorlar. Sıra paraya vermeye gelince yan çiziyorlar. Bütün maaşımı neredeyse yemek ve yatacak yer için kesmişlerdi. Çıldırdım tabii, hakkımı aradım ama bir şey değişmedi. Dayak yiyen yine ben oldum. Sokakta bir köşede oturup bu ülkenin kaderine küfrettim ama bir şey değişmedi, yine buradayım. Ama gerekirse Türkiye'ye bir daha giderim. Başka ümit de yok sanırım." Temo'nun yüzü öfkeyle dalgalandı. Makvala onu kendine benzetti. En azından onun da gözünün kara olduğunu gördü. Eğilip sırtını okşadı. "Umarım buna gerek kalmaz."

Makvala'nın içinde tuhaf, adı olmayan bir sevinç filizlendi.

Kadın olmanın avantajları vardı. Ya bu zavallı, kollarının kuvvetine güvenip nereye kadar gidecekti? Düşündü, Mişka burada olsa her şeyini kaybederdi ama yoktu işte, olanlardan bihaberdi. Bunu düşünüp gülümsedi.

"Komik olan ne?" dedi

"Bilmem... Sende şeytan tüyü mü var nedir, seni tereddüt etmeden içeri aldığıma göre."

Delikanlı kahkaha attı. Gamzesi derinleşti, gözlerinin içi güldü.

Oturduğu yerde doğruldu. Merakını gidermek istiyordu.

"Sen ne işle meşgulsün?"

"Ben de senin gibi iş arıyorum desem."

"Olabilir. Ya ailen?"

"Savaşta öldüler."

"Çok üzüldüm." Votka dolu bardağından büyük bir yudum daha aldı. Yüzünü buruşturdu.

"Beni eniştem kolluyor. Sanırım bu ev onun kaçamak yaptığı yerdi." Bir suskunluk oldu.

"Senin işin de zor."

"Kader," diye fısıldadı kız. Tekrar sustular. Delikanlı ayağa kalktı.

"Galiba yağmur dindi," diyerek cama doğru yöneldi. Camın üzerinde duran perdeyi sıyırdı. Islak ve sessiz şehre göz attı.

"Gitmem gerek."

Pencereden dışarıya ne yapacağını bilmeden baktı. Aslında gidecek bir yeri yoktu. Üzüntüyle daldı. Kızın ona yaklaştığını hissetti. Sıcak, pamuk gibi yumuşak eli onun elini kavramıştı. Delikanlının soluk alıp verişi hızlandı. Kız ellerini onun kolların altından geçirip onun göğsünde kavuşturdu.

Başını bedenine sıkı sıkı yasladı ve bedeninden taşan arzuyu dinledi. Makvala az sonra delikanlının kuvvetli kollarının arasındaydı. Çılgın gibi öpüştüler. Kız gözlerini yumdu, başı yastığa yerleşti. Delikanlının gövdesi üzerine kapandı.

"Eniştem gelirse ne diyeceksin?"

"Bırak da onu o zaman düşüneyim."

Makvala yatağının içinde bağdaş kurmuştu. O an kafasının içindeki seslerin susutuğunu fark etti. Kendini okyanusun serin sularına bırakmıştı adeta. Korkuyordu, ama bir yandan da derin bir huzur hissediyordu. "Tuhaf bir his," diye mırıldadı ve yanında yatan yabancıya baktı. Elinin tersi ile onun yüzünü okşadı. Ben birini mi aldattım şimdi, diye düşünüp güldü.

Sabah olmak üzereydi. Temo'nun kalkar kalkmaz gitmesi gerektiğini anımsadı. Bu düşünce ona acı veriyordu, bir çözüm bulmalıydı. Gözlerini kıstı ve kalırsa olabilecekleri düşündü, hiç hoş şeyler olmayacağı kesindi ama sıcacık bir huzur hissediyordu. Onu bırakmayacaktı, karar vermişti.

Taksi şoförüne barın adresini verirken ne yapacağını bilmiyordu. Ama içindeki ses onun oraya gitmesi gerektiğini söylüyordu. Barın kapısında iki iri yarı koruma nöbet tutuyordu.

Makvala onlara Giyorgi'yi sordu. Hafif kel olan içeriye doğru işaret etti. "Burada," dedi. Kız ağır kapıyı itip içeriye girdi.

Müziğin sesi kısılmış, bar kapanmak üzereydi. Bu durumda Makvala'nın acele etmesi gerekiyordu. Sağa sola bakındı. Karanlığın içinde hızla parlayan renkli ışıkların altında zıplayan hoplayan birkaç kişinin yanından geçip barın olduğu yere doğru ilerledi. Makvala dar beyaz tişörtlü top sakallı ve şişelerle şov yapan gence yaklaşıp gülümsedi. İki elini şaklatarak onu alkışladı. Genç barmen şişeleri bırakıp bütün dikkati ile kızın yüzüne baktı. Makvala gülümseyip tokalaşmak için elini uzattı. Adını söyledi ve Giyorgi'nin nerede olduğunu sordu. Genç, "İş mi arıyorsunuz?"diye sordu ve kızı baştan aşağı süzdü. Makvala üzerine kolları kelebek kanatlarını andıran bir panço, mini kot etek ve uzun, sivri topuklu siyah çizme giymişti. Saçını arkasında toplayıp yüz hatlarını öne çıkaran koyu bir makyaj yapmıştı. Yeni bir maceraya atıldığından gözünün içi gülüyordu. "Evet," dedi ve geniş geniş gülümsedi.

Barmen işaretparmağını uzatarak Giyorgi'yi gösterdi.

22

Ruso her sabah yaptığı gibi bakkaldan gazete ve bir ekmek aldı. Hemen gazetedeki iş ilanlarını incelemeye başladı. Birkaç adım sonra ilerdeki banka oturdu, yine uygun bir ilan yoktu.

Arkadaşına karşı her geçen gün daha fazla mahçup oluyordu.

Gazetenin üzerindeki tarihe bakıp hüzünlendi. Günler geçiyordu. Lütfen Tanrım, dedi içinden, benim burada olduğumu unutma. Ağlıyordu. Tea'nın annesinin Türkiye'den dönmesine sadece üç hafta kalmıştı ama hâlâ bir gelişme yoktu. Aylardır çalmadığı kapı kalmamış, hep olumsuz cevap almıştı.

Aklına yine ölüm fikri düşmüş, ben bir kraliçeyim diye kendini telkin ediyordu. Kapıya anahtarı sokup çevirdi. İçerden Tea'nın sesini duyunca şaşırdı, bu saatte uyanacağını tahmin etmemişti. İçeri girdiğinde Tea telefonu uzattı "Efendim."

"Ruso sen misin?"

"Evet."

"Bakılacak bir hasta var, ne dersin?"

"Tabii, sevinirim. Ne zaman geleyim söyleyin lütfen."

Ruso heyecandan titriyor, gözyaşlarıyla verilen adresi tekrarlıyordu. Tea gözünü kırpmadan onu izliyordu. Ruso sevinçten havalara uçuyordu. "Nihayet, nihayet," diyerek Tea'ya sarıldı.

Verilen adrese gidip zili çaldığında kapıyı on iki on üç yaşlarında bir kız çocuğu açtı. "Buyurun!" dedi ve kapının ağzından çekildi.

Kızlar dar bir koridordan geçip, bir odada yatan yaşlı dedenin başucuna geldi. Kız dedesinin kırışmış alnını avuçlayıp okşadı.

"Bak dede, bu tatlı kız sana bakmaya geldi."

"Nesi var?"sordu Tea ve Ruso'nun kolunu kavradı. Kız dedesinin başucunda duran eski sandalyeye oturdu.

"Dedem felçli."

"Peki, evde senden başka kimse yok mu?"

"Annem dışarı çıktı, birazdan gelir. "

Ruso odadaki eski kanepeye oturdu. Öylece yaşlı adamı izledi. Onun acısı kalbine oturmuştu sanki, adamın haline üzüldü. Kim bilir hayat bu yaşlı adamdan neler almış, sadece ruhunu bırakmıştı. Kimse onun yerinde olmak istemezdi.

Tea ayakta dikilmeye devam ediyordu. Yüzünü buruşturmuş, ortalığı süzüyordu. Yatağın dibinde ki siyah torbada adamın kirli çamaşırları duruyordu. Taburenin üzerinde boşalmış tabaklar vardı. Açık pencereden içeri dolan sıcak, odanın havasını iyiden iyiye ağırlaştırmıştı. Tea Ruso'nun omzuna dokundu, onun solgun yüzüne baktı ve kulağının dibine kadar eğilerek, "Gidelim buradan," diye fısıldadı. Ruso Tea'i ya duymadı ya da duymak istemedi. Tea bu kez onu kolundan çekiştirdi. "Bir dakika konuşabilir miyiz?" dedi kapıyı işaret ederek.

"Gidelim buradan. Şu kadın gelmeden gidelim!"

Ruso suskundu, kafasını hayır der gibi salladı. Tea onu kolundan çekiştiriyordu.

"Yapamam, adam bana muhtaç."

"Başkasını bulsunlar. Burası pislik yuvası, üstelik bu bir erkek Ruso, sen ona nasıl bakacaksın? Altına yapıyor görmüyor musun?"

"Israr etme. Ben burada kalacağım."

"Peki, sen bilirsin."

Tekrar içeriye girdiklerinde kapı çalındı. Kız çocuk koşup açtı. İçeriye kırk yaşlarında şık giyinmiş, kıvırcık, sarı saçları olan bir kadın girdi. Ruso ve Tea'yı görünce kadının gözleri ışıldadı. "Tam zamanında geldiniz" dedi ve ekledi. "Babama hanginiz bakacaksınız? Öyle evimde kuru kalabalık istemem,"dedi.

Tea, "Ben de şimdi gidiyordum," dedi huzursuz bir şekilde. Ruso'nun bakışını yakalayıp, onu vazgeçirmeyi düşünüyordu. Ama Ruso bu evi çoktan benimsemişti. Odayı incelerken işleri nasıl yapacağını planlıyordu. Ruso kadına yaklaşıp gülümsedi. "Ben bakacağım dedeye," dedi ve adamın yatağına doğru yürüdü. Adamın terli, buruşuk yüzüne baktı. Kirli yastığının kıyısına sıkıştırılmış mendili alıp yaşlı adamın alnını kuruladı.

"Peki. Daha önce bir hastaya baktın mı?"

"Hayır."

"Tansiyon ölçmesini biliyor musun?"

"Hayır."

"Peki, nasıl hasta bakıcısı oldun, aklım ermiyor."

Ruso utandı, başını yere eğdi. "Çalışmam gerek," diye mırıldadı.

"Orada pencerenin altındaki komodinin çekmecesinde tansiyon aleti var, al onu."

Ruso aceleyle aldığı tansiyon aletiyle ne yapacağını bilemedi. Kadın kızına, "Gel Maro, dedenin tansiyonunu ölç," dedi. Küçük kız dedenin sarkık sol kolunu kavradı. Tansiyon ölçerken kaşlarını çatan kız, "Yüksek," dedi. Dedenin ilaçlarından birini alıp içirmeye çalıştı. Adam ilaçlar içmek istemiyordu. "Her geçen gün daha da inatlaşıyor," diyen kızın yüzü asılmıştı. "Dede beni yoruyorsun, hem de çok!" dedi adamın başını okşayarak. Sonra masanın üzerinden su şişesini alıp dedesinin başını hafifçe kaldırmayı denedi. Şişenin içindeki pipeti adamın ağzına götürdü. "Al dede ve bu ilacını iç artık!" dedi. Dede dudakları araladı, kız ilacı zorla içirdi.

Ruso durduğu yerde donup kalmıştı. Bu yaşlı dede ile baş etmenin kolay olmayacağını biliyor, yine de gülümsüyordu.

Kadın Ruso'ya kanepeye oturmasını söyledi. Kendisi de sandalyeyi alıp onun önüne çekti. "Bak kızım, Maro sana tansiyon ölçmesini öğretir. Babamın her gün yapması gereken egzersizler var, Maro onları da gösterir, ne yapman gerektiğini de söyler. Ben on beş dakika sonra evden çıkacağım ve ancak üç ay sonra geri döneceğim, paranı da üç ay sonra alacaksın. Her ay için yüz lari vereceğiz. Bu kanepede yatacaksın, babamın yanı başında. Geceleri kapıyı kilitleyip anahtarı cebine koyacaksın, bunu unutma, bu mühim."

Ruso başını salladı. Kadın ayağa kalkıp Ruso'nun yanından geçip gitti ve yaklaşık on dakika sonra kadın büyük valizi ile çıktı. Küçük kız annesinin boynuna atıldı, ağlıyordu.

Dede de ağlıyordu. Anne kızın vedalaşmasına daha fazla izleyemeyeceğini anlayan Ruso, onlara sırtını döndü, ağlayan dedeye yaklaşıp başını okşadı. "Ağlama," dedi, "en azından bir ailen var."

Bir süre sonra Ruso, Maro ve Dede baş başa kalmışlardı.

"Biliyor musun Ruso, seni sevdim!" dedi Maro, Ruso'nun önünde eteklerini havalandırarak.

"Neden?"

"Neden olacak, sen de benim gibi kıvırcıksın, benim gibi cılızsın da ondan."

Kahkaha sesleri yükseldi.

23

Makvala öleceği günü bekleyen hasta gibiydi. Kırmızı dudağına şarap kadehini dayadı, büyük bir yudum aldı. O gün bar kalabalık ve yorucuydu. Makvala kaç bardak yıkadığını bilmiyordu. Bitmiş olan buz kaplarını doldurup, kül tabaklarını boşaltmıştı. Biraz dinlenmenin vakti gelmişti. İçerde sadece dört sarhoş, kafalarını bardaklarına eğip, müzik ritmiyle oturdukları yerde sallanıp durmaktaydı. Makvala'nın bakışları adamların üzerinden kayıp etrafa yönelmişti. Temo'yu göremeyince telaşlandı. Onu bir gün hiç göremeyeceği fikri ise onu çıldırtıyordu. Erkekler tuvaletinin kapısı aralıktı. Makvala hiç düşünmeden kapıyı itip içeri girdi. Temo lavabonun başında ellerini yıkamakla meşguldü. Makvala hırçın bir tavırla onun yanına yaklaştı. Kördü sanki, nerede olduğunu unutmuş gibiydi. O sadece erkeğini görüyor, onu arzuluyordu.

Önüne çıkan her engeli düşman biliyordu. Amansız bir istekle Temo'nun dudaklarına dokundu kolları ile bedenini kavradı.

Temo'nun gömleğinin düğmeleri yere savruldu. Makvala, elini adamın kemerine attı, fermuarını açtı. Temo Makvala'nın tangasını eteğinin altından sıyırdı. Kız Temo'nun bedenini keşfettiği an kendinden geçmişti. Fakat o sırada hızla açılan kapı her şeyi berbat etti. Biri şaşkın bakışlarla onları izliyordu. İki sevgilinin bütün heyecanı yok olmuş, geride büyük bir utanç bırakmıştı. Kız hızla barı terk edip sokağa koştu. Arkasından Temo yetişti. Kızı iki avucu ile itekledi.

"Yaptığını beğendin mi!"

"Aaa şimdi de tek suçlu ben mi oldum! Bana sahip olurken aklın nerede idi!"

"Aptalca, çok aptalca! Sen böylesin işte!"

"Ben mi! Ya sen!"

"Beni karıştırma oraya gelen sendin!"

"Öyle mi, demek kendi kendimi becerdim!"

Koşmaktan bağırmaktan yorgun düşen çift, kaldırıma oturmuş, sonunda kahkahaları koyvermişlerdi. Temo birden gülmeyi kesti, kızın yüzüne bakıp iç geçirdi.

"Ya şimdi ne olacak?" dedi. "Kovulduk mu?" ne dersin?"

Makvala gözlerini kırpıştırdı.

"Neden canım, kendileri yapmıyorlar mı?"

"Saçmalama!" Temo ayağa kalkıp hızla yürümeye başladı.

Makvala'da arkasından ona yetişmeye çalışıyordu. Temo bir an apartmanın önünde durakladı ama gidecek yeri olmadığından kızı takip etmek zorunda kaldı.

Makvala kapı eşiğinde kalakalmıştı. Temo'nun koluna asıldı. Kırmızı dudaklarını kulağına dayayıp fısıldadı. "Peki, özür için ne yapmam gerekir, kaldığımız yerden devam etsek nasıl olur?" Temo sustu. Bir müddet sonra, "Uyumak istiyorum," dedi.

Makvala kendi ördüğü duvarın altında kalmış gibiydi. Öfkeliydi, ama en çok kendine öfkeliydi. Kimin hayatına girse darmadağın ediyordu. Uyuyan Temo'yu izledi. Sakin görünüyordu ama kim bilir aklından neler geçiyordu.

"Özür dilerim aşkım, haydi ama yanıma gel," dedi.

Makvala'nın uykuları kaçıyordu artık. Belki sıcaktan, belki yorgunluktandı ama en önemli sebebi artık dizginleyemediği hayatıydı. Yatakta doğruldu. Arkasını dönmüş, üstü çıplak uyuyan Temo'yu süzdü. Ah Tanrım, o olmasa ne yapardım, diye düşündü.

Kalkıp perdeleri açtı. Dışarıda öğlen güneşi her yeri yakıyordu. Sokaklar tenhaydı. Temo'yu izliyordu. Bir gün her şeyin tuz buz olacağını biliyordu, buna nasıl engel olabilirdi. Mutfağa yöneldi ve kendine sert bir kahve yaptı. Koltuğun birine yerleşip kahvesini yudumladı. Dünkü gazete yere atılmıştı. Sıkıntıyla gazeteyi yerden aldığında, gözüne çarpan haberde bar sahibinin öldüğü yazıyordu. Zenginler ölünce haber oluyorlardı, bundan nefret ediyordu Makvala. Düşündü Makvala, parası olsaydı ensesinde Mişka'nın gölgesi olmazdı. Cep telefonu çalınca kalkıp telefonu aramaya başladı. Cep telefonun ekranında yabancı bir numara vardı. Makvala önce durakladı, sonra telefonu açmaya karar verdi.

"İyi günler. Makvala Jğonia ile mi görüşüyorum?"

"Evet, benim."

"Kredi borcunuz bitti, gelip evinizin tapu işlemlerini halledebilirsiniz."

Makvala olduğu yerde donakalmıştı. "Peki," dedi şaşkınlıkla.

Kız kendini sandalyeye bıraktı. Şaşkındı. Mişka neden kapatmıştı borcu? Bugüne kadar neredeydi? Ya şimdi ne olacaktı? Sevinse mi üzülse mi bilemiyordu. Bu durumda Mişka yakında ortaya çıkacaktı. Kendine bir bardak viski doldurdu.

Bir bardak az gelince şişeye sarıldı. Bir an kontrolü kaybetti ve şişe yere düştü. Gürültüyü duyan Temo yattığı yerden fırlayıp Makvala'nın yanına koşunca, "Çıldırmış olmalısın bu saatte içki mi içilir! Ne oluyor sana, iyice zıvanadan çıktın!

Sapıttın, saçmalıyorsun!" diye bağırmaya başladı.

"Beni rahat bırak, karışma!"

"Peki!"

Temo üzerine beyaz tişört ve kot pantolonu geçirdi. Komodinin üzerinde duran cep telefonunu alıp dışarı çıktı. Makvala Temo'nun arkasından baka kaldı. Kanının çekildiğini, dizlerinin çözüldüğünü hissetti.

Bundan sonra hayatın çekilmez olacağını tahmin etmek zor değildi. İçindeki intikam isteği depreşmişti. Pencereden sokağa baktığında hızla uzaklaşan Temo'yu gördü. Az sonra evin önünde bir araba durdu ve içinden elinde çiçeklerle Mişka indi. Makvala kapıya yaslandı. Gözlerini yumup ne yapacağını düşündü. Kapıyı açarken ağlıyordu. Mişka şaşkın bakışlarla onu süzdü. Ağzını açıp neden ağladığını sormaya fırsat bulamadan, kızın onu camdan gördüğünü söyledi. Adam Makvala'nın yüzünü avuçlarının arasına aldı. Gözlerinin içine derin derin baktı. Yüzünde endişeli bir ifade belirdi. Bir şey söyleyecekmiş gibi ağzını kıpırdattı ama sustu. Parmaklarıyla Makvala'nın gözyaşlarını sildi, kıza tatlı tatlı baktı.

"Seni hiç bırakmayacağım. Artık sonsuza kadar benim olacaksın."

Makvala ağlamayı kesti. Büyümüş gözleri ile adamın yüzüne bakakaldı. Bir müddet sustu. Sonra, "Şaka mı yapıyorsun?" diye sordu. Adam aynı tatlılıkla, "Hayır," dedi.

"Beni bırakıp gitmiştin, şimdi ne değişti?"

Mişka Makvala'nın önünde diz çöküp ellerini tuttu. Makvala sinirle kendini çekti ve bir müddet konuşmadan oturdular. Sonunda Makvala sabredemedi. "Aylar geçti, yoksun."

"Doğru," dedi adam ve tekrar sustu. Yorgun ve kederli görünüyordu. Makvala onun yüzüne baktığında oldukça yaşlandığını gördü.

"Hasta mısın?" diye sordu. Adam kafasını hayır anlamında salladı ve ekledi. "Şimdi anlatmak istemiyorum, belki sonra. Makvala başını yere eğdi. Ne düşüneceğini, ne yapacağını bilmiyordu. Tek düşündüğü şey, bundan sonra ne olacağıydı? Şu an karşısında oturan adamın aklında ne olduğu çok önemliydi ama adam susuyordu ve kolay kolay konuşacağa benzemiyordu. Makvala birden biri dürtmüş gibi ayağa kalktı ve adama "Çay içer misin?" diye sordu. Mişka kafasını evet diye salladı. Odaya sığamıyor, ortalıkta huzursuzca dolaşıyordu. Makvala onun bu hallerini görünce korkuya kapıldı, ya Temo'yu öğrendiyse, ya evi kontrol ediyorsa diye düşündü. Kız pencerenin önünde duran adama yaklaştı. Adamın sırtı dönüktü. Makvala onun elini avucunun içine aldı. Adam, "Halana göğüs kanseri teşhisi koydular," dedi ve kızdan bir tepki bekledi. Makvala'nın kaşları hafifçe kalktı. Gri gözleri şaşkın bakıyor, yine de susuyordu. Az sonra Mişka'nın söylediklerine aldırmadan mutfağa yöneldi. Orada biraz oyalandı, sonra da elinde iki çay fincanıyla geri döndü. Fincanın birini oturan adama uzattı ve adamın karşısına oturdu.

"Kötüyüm," dedi adam.

"Suçluluk duygusu mu hissediyorsun?"

"Bilemem, sanırım."

"Peki, şimdi ne olacak?"

"Bir bilsem, aylardır düşündüğüm tek şey bu."

"Üzgünüm."

"Üzülme bu senin suçun değil ki, kader..."

"Kader onu aldatman mıydı?"

"Saçmalama!" diyen adamın gözleri öfkeyle kısıldı. "Sen bana cazip geldin."

"Cazip mi? Bu ne biçim söz?"

"Sence? Pardon, sana da cazip geldim." Makvala ayaktaydı, elindeki çay fincanı titriyordu. Aklından tek şey geçiriyordu, ya adam evi geri istiyorsa?

"Haklısın, böyle bir adam kime cazip gelmez ki?" Kız zorla güldü. Mişka'dan bir tepki, bir söz bekledi. Mişka gülümsedi.

Kucağını göstererek kızı çağırdı. Az sonra Makvala onun kucağında idi. Ellerini boynuna dolamış, yüzünü omzuna gömmüştü. Makvala hoşnutsuzluğunu gizlemeye çalıştı.

24

"Sen hiç ceset gördün mü?" diye sordu küçük kız Ruso'nun gözünün içine bakarak.

"Görmedim, ama hissettim."

"Nasıl?"

"Anlatması zor."

"Ben gördüm," dedi kız içini çekerek. "Anneannemi gördüm. Tam burada senin oturduğun yerde oturuyordu. Ölmüştü ama gözleri açıktı. Başı arkaya düşmüştü ve ten rengi bir tuhaftı." Anlatırken sesi titriyordu.

Ruso yaklaşıp sırtını sıvazladı. Saçını okşadı. Kızın küçük çenesine dokunup gözünün içine baktı. "Anlatma. Sus," dedi.

Kızın gözlerinden yaşlar akmaya başladı. "Tam burada oturuyordu, tam burada!" dedi. Ruso kıza sıkı sıkı sarıldı, başını göğsüne gömdü. "Allahın takdiri böyle demek ki!" Aniden içeriden iç parçalayan bir inleme sesi yükseldi. Dedenin kırışık yüzü iyice çökmüştü. Uğulduyor bir şeyler anlatmaya çalışıyordu. Ruso telaşın içinde adamın yattığı yatağa yaklaştı.

Onun üzerine eğilip dikkatle bakmaya ne istediğini anlamaya çalıştı. Kız, "Dede tren mi yaptın?" Utanarak soru soruyor, elini tutuyordu. Dedenin gözlerinden yaş aktı. "Korkma Ruso seni dövmez." Ruso şaşkın bir ifade ile onları izliyordu, ne yapacağını bilmiyordu. Kız ona doğru döndü ve, "Sanırım dede altına etti ve senin onu döveceğini sanıyor," dedi. Ruso üzülmüştü. Kız çarşafını kaldırıp dedenin ayaklarının altına baktı. "Tren yokmuş," dedi. Ruso yüzünü buzdü, "Ölümü hissetti," dedi.

Ruso bu iki kişinin kendine görünmez bağlarla bağlandığını hisseder gibiydi. İkisine şöyle bir baktı, hayatları ne kadar kötü giderse gitsin ikisi de melek gibiydi; zalimliğe karşı gelen melekler... Ruso'nun gözlerinin önünde annesinin yüzü belirdi. Hafızası anılara teslim oldu. "Eee neredesin?"

dedi küçük kız Ruso'nun gözünün önüne ellerini sallayarak. Ruso silkindi. "Tabii ki buradayım," dedi ve gözyaşlarını kuruladı. "Biz açız. Haydi o zaman," diyen kız Ruso'yu kolundan çekiştiriyordu. İkisi mutfağa girdi. Küçük kız dar mutfaktaki tezgâha yaklaştı. Orada yığılmış olan hazır çorba paketlerini karıştırdı. İçinden birini seçti, Ruso'ya uzattı. "Bunu dedem için pişir. Ben de sosisli sandviç isterim," dedi. Ruso birinin bir gün ona muhtaç olacağını hiç düşünmemişti.

"Annen nerede çalışıyor?" diye sordu kıza yiyecek ekmeğinin kaynağını düşünerek.

"Türkiye'de gazinonun birinde şarkı söylüyor."

"Annen sanatçı mı?"

"Öyle de denebilir."

Ruso sustu. Sandviç içine koymak için kızarttığı sosisleri çevirdi. Demek para yurt dışından geliyor, çok gülünç," diye geveledi.

"Efendim?" diye sordu küçük kız.

"Dedenin çorbasına ekmek doğrayayım mı?"

"Hayır."

"Neden?"

"Annem izin vermiyor."

"Neden ama?"

"Ekmek yerken dede daha uzun trenler yapıyor da ondan."

İkisi kafa kafaya verip kıkırdadı.

Ruso dedenin ağzına yemek dolu kaşığını götürürken, bu uzun tren fikrine gülümsüyordu. Keşke benim annem ve babam da hayatta olsa da uzun tren yapabilse diye düşününce birden hüzünlendirdi. "Kahrolası savaş," diye söylendi. Dede bunu duymuş olmalı ki kaşlarını çattı. Ruso onun alnını okşadı. "Yaşadığın için şanslısın, bunu unutma ve doktorun sana verdiği hareketleri yapmaya gayret göster. Bakarsın bu cansız beden canlanır ha." Adam gülümsedi. Sol elinin parmaklarını oynattı, sonra da kolunu kaldırdı. "Bak gördün mü?" dedi kız, "İnsan yaşıyorsa umut da vardır." Bu sözleri duymak Ruso'ya çok iyi gelmişti. Heyecanla ayağa kalkıp ortalığı toparlamaya başladı.

Burada dedenin yattığı odanın haricinde bir oda daha vardı. Orası Maro'ya ve annesine aitti. Odada geniş bir yatak ve dar bir gardıroptan başka bir şey yoktu. Odanın her yeri kolilerle dolmuştu. Maro Ruso'nun arkasında durup, "Annem, bir gün büyük eve taşınınca bütün bu eşyaları rahatlıkla kullanacağız diyor. Ama şimdilik bu kolilere dokunmayacağız.

Annem öyle tembihledi. Bir de dedi ki sen dedenin yanındaki kanepe de yatmalıymışsın. Ama sen yine de onu dinleme. "

Ruso kızın saçını okşadı. "Annenin bir bildiği vardır," dedi gülümseyerek.

O gece kanepeye kıvrılmış oturan Ruso gecenin karanlığında koyulaşan ortama göz gezdirip Tanrı'ya ona bu günleri yaşattığı için şükrediyordu. Kulağında tanıdık bir ses çınlıyordu. "Ben bir kraliçeyim."

Ruso gece yarısından sonra derin bir uykuya daldı. Rüyasında çok korktuğu karanlık peşine takılmıştı. Kulağını sağır, gözünü kör ediyordu. Kız yattığı yerde bir müddet çırpındı, inledi, sonra bir güç ona yol verdi. Karanlıktan arkaya bakmadan kaçan kız bir arabaya binmişti. Sürücü kafasını çevirince Ruso dona kaldı. "Anne sen!"

diye kekeledi. Yattığı yerden kan ter içinde fırlamıştı. "Annem beni affetti..." dedi. Kızın sersemliğini dağıtan çalan telefonun sesi olmuştu. Arayan küçük kızın annesiydi.

"Ruso neredesin? Yoksa uyudun mu?"

"Hayır kanepede oturuyorum."

"Uyuma, sakın uyuma. Kızıma dikkat et. O geceleri uykusunda gezer."

"Nasıl yani?"

"Kızım uyurgezerdir."

Ruso efendim demeye, bir şeyler sormaya fırsat bulamadan telefon kapandı. Kız şaşkınlık içinde dona kaldı. "Uyurgezerlik nasıl bir şey?" diyerek kafasını kaşıdı. Bir müddet oturdu. Sonra kanepeye uzandı.

Takvimler üç ayın geçtiğini söylüyordu. Ruso bu küçük ve eski dairede büyük bir heyecanla yaşayıp gidiyordu.

Yurt dışından gelecek olan ev sahibinin gözü ile evini inceliyor, ondan beklenenin en iyisini yapmayı diliyordu. Bu işe ihtiyacının olduğunu beynine kazımıştı. Kız sık sık pencereye yaklaşıp kadının geleceği yolu gözetliyordu. Sabah olduğundan yollar boştu.

Ruso dedeye baktı ve gülümsedi. Dede Ruso'nun gülümsemesine tatlı tatlı göz yumarak cevap verdi. Kız sustu. Her zamanki gibi sustu. Dudağını ısırarak sustu. Sizi aile bildim demeye cesaret edemeden sustu. Çevreye çaresizce bakarak sustu. İçindeki fırtınaları yutarak sustu.

Omzuna biri dokundu. Sonra aynı omzuna kafasını koydu. Ruso Maro'nun saçını okşadı, alnını öptü. "Annen kahvaltıda ne isterdi acaba?" dedi. Maro onun çatık kaşlarına bakıp, güldü, "Eğer annemi gümrükte hırpalamadılarsa istediği bir şey yoktur, ama işler ters gittiyse ağzınla kuş tutsan yaranamazsın," dedi ve kararsızca gülümsedi. Ruso birden geri adım attı. Korkmuştu. Aksilikten korkmuştu. Sokakta kalmaktan korkmuştu.

"İyi misim?" sormuştu Maro.

Ruso gözlerini kırpıştırdı. Kaşları hâlâ çatıktı. Anlında soğuk ter baloncukları çoğalıyordu. Dilinin ucundaki kelimeler aralıksız yer değiştiriyordu. "Yoruldum, nefes almak istiyorum artık. Tanrım yardım et. "

Hızla ve telaşla çalınan kapıya ilk Maro koştu.

"Aaa…. Annem de geldi!" diyen kız sokak kapısına asıldı. Kapı açıldı. Kadın gülümseyerek içeriye girdi. Maro onun boynuna asılıp, her iki yanağından da öpmeyi başladı. Kadın elinden valizini bırakıp, kızını sıkı sıkı kucakladı. Onlar bir bütün olmuşlardı. Ruso sadece birkaç adım ötede durup onları izliyordu. Annesini anımsayıp duygulanmıştı. O an ne yapacağını kestiremiyordu. Sonunda öne iki adımını attı, sonra durakladı. Cesaret bulması için dedenin yüzüne baktı.

Dede ona bakıp gülümsüyordu. Kız iki adım daha attığında kendisine bir dost eli uzandı. Maro zayıf kanatlarının altına onu da almıştı.

"Anne bu benim arkadaşım! Süper İngilizce konuşuyor.

Biz beraber ders yapıyoruz. Anne ben Ruso'yu sevdim. Sen de sev." Kadın huzurlu kahkaha attı. Ruso o an uzun zamandır hissetmediği bir mutluluk hissetti.

25

Makvala avucundaki altın sarısı harflerle kapının üstüne adını soyadını yazdı. Biraz ileriye çekilip ismini birkaç kez okudu. İçindeki sevinç çığlığı gerçekleri örtbas ediyordu sanki. O gün huzurluydu. Ev sahibi olmuştu ve bunun tadını çıkarıyordu. Paranın kuvvetinin farkındaydı, yani Mişka'nın kuvvetinin. Onu elinin tersi ile itmek en son istediği şeydi. Ya Temo? Temo'yu onunla alakalı endişeleri bir kenara bırakmış gibi görünse de öyle olmadığını biliyordu. Onu her zaman nefesinin içinde hissediyordu. O sadece birkaç dakika önce balkona çıkıp barı aramıştı. Giorgi'nin ortağından Temo'nun para aldığını ve köye gittiğini öğrenmişti. "Dönecek mi?" diye sormuştu kız. "Evet. Bir hafta sonra," cevabını almıştı.

Makvala çalan kapıya hayal kurarak yöneldi. Mişka henüz gelmişti. Kapıda kendi adını göremeyince keyfi kaçtı. Kapı eşiğinde duran Makvala'yı soğuk bakışı ile süzdü ve tek kelime bile söylemeden içeriye girip üçlü koltuğun ortasına oturdu. Sırtını ve başını koltuğa yasladı, gözlerini kapattı. Kızdan onun moralini yükseltecek bir hareket bekledi ama kız ona yaklaşmadı bile. Soru da sormadı. Sadece adamı keyifsizce süzdü ve açık pencereye doğru yürüdü.

Sokağa uzun uzun bakındı. Kendini altın kafeste hissetti ve sevgilisine tiksinti ile baktı. Adamda sinsi bir sessizlik vardı ve bu durum Makvala'yı telaşlandırıyordu. Makvala asık suratına gülümseyen bir maske takmış gibi davranmakta zorlanıyordu ama bunu yapmak zorunda olduğunu biliyordu.

Mişka'ya yaklaştı. Parmak uçları ile Mişka'nın saçlarına dokundu ve yumuşak sesle adama "İyi misin?" diye sordu. Yanıt almayınca zoraki gülümseyip karşı koltuğa oturdu. Adam gözlerini iyice araladı. Kafasını hafifçe kaldırdı.

"İyiyim."

"O zaman sorun ne?"

"Sorun yok."

"Sorun yok mu? Buraya zoraki gelmiş gibisin."

"Yanılıyorsun."

"Aylardır gelmediğini ne çabuk unuttun. Kötü sürpriz... "

Mişka oturduğu yerde iyice doğruldu. Kıza dik dik baktı ve sözünü kesti.

"Halan hasta biliyorsun, onu o halde nasıl bırakırdım. Hem seni hiç unutmadım, biliyorsun bunu. Bak sana ev bile hediye ettim."

"Hayır. Tabii ki sana minnettarım, ama içimdeki korkudan kurtulamıyorum. Gideceğinden neredeyse eminim."

"Yoksa istediğin bu mu?"

Makvala sustu ve sevgilisinin gözünün içine baktı. Onun sinirlerini tırmandırmak istiyordu çünkü kendisi de gitgide sinirleniyordu.

"Ben mi? Neden bu şekilde düşündüğümü bilmiyorum?"

"Neden mi? Ben gelmediysem sen gelebilirdin."

"Ben mi?"

"Neden şaşırdın? Hiç gelmediğin bir yer değil sonuçta?"

"O eve mi? Karının beni bıçakladığını ne çabuk unuttun!"

"Hak etmiştin!"

"Senin derdin ne? Ben mi hak ettim! Onu aldatan sendin!"

"Tamam ben aldattım çünkü başımı döndürdün. Seni sevdim.

Bu bir kabahat biliyorum ve kabul ediyorum. Duyuyorsun değil mi, eşek kadar oldum ama hâlâ çocuk gibiyim. Âşık oldum. Ya sen, sen benim için ne hissediyorsun? Yoksa artık sevmiyor musun beni? Yoksa sadece seviyormuş gibi görünmek zorunda olduğunu mu hissediyorsun"

"Neler söylüyorsun! Demek böyle düşünüyorsun."

"Maalesef. Eskisi gibi değilsin.

"Ne bekliyordun! Eteklerime zil mi taksaydım geldin diye, belli ki hastalıklı eşten bunaldın.

"Makvala yeter! Bana inanmak zorundasın! Ben buraya kavga etmeye gelmedim. Seni özledim, seni arzuluyorum. Ayağa kalktı ve Makvala'ya doğru yürüdü. Makvala oturduğu yerde kıpırdandı. İçinden ondan kaçmak geliyordu ama bunu yapmadı. Ona doğru eğilen dudakları karşılamak zorunda kaldı. Adam kızı omuzlarından tutup kendine doğru çekti. Parmaklarını baştan saçlarının arasında, sonra sırtında ve kalçasında gezdirdi. Az sonra eteğini sıyırdı. Eli Makvala'nın içinde idi. Makvala adamın kelleşmeye başlayan başına gözlerini dikmişti. Orasını çekiçle ezmek istedi ama bunu da yapmadı. Adamın çıkardığı kişneme seslerine eşlik etti. Sonra adamın şeyini avuçladı, "Doymak bilmiyorsun," dedi. Adam kahkaha attı. Kızı kucaklayıp yatak odasına götürdü. Makvala borcunu ödemek için hemen yatağa giriverdi. Sevişmenin sonunda kız gözyaşlarını tutamadı. Kendini bu acımasız tüccara sattığını anlamıştı.

Mişka yatakta sırtını dönmüş yatıyordu. Makvala onun başının üzerine eğilmişti. Ellerini karga pençesi gibi havada tutuyordu. Öfkeye esir olmuş, şiddetle titriyordu. Kız adamın kolunu kendinden iğrenerek çekip yataktan kalktı. Banyoya girdi. Sıcak suyu açtı ve suyun altında bir müddet durdu.

Bir hayali vardı: Başka biri olmak. Sade bir ev kızı mesela...

Temo'yu tanımak ve şimdiki gibi sevmek. Bu imkânsızdı.

Ama eğer Mişka yok olursa imkânsız diye bir şey kalmazdı.

Demek insanlar bu şekilde katil oluyor, diye düşündü. Saçlarını sertçe kuruladı. Aynaya baktı. Bedeni sadece Temo için inliyordu. Makvala yatak odasına koştu. Komedinin çekmecesini çıkarıp, tangasını çıkardı. Giyerken Temo'nun orada olduğunu Mişka'nın 'in yarım bıraktığı işi tamamladığını düşünüyordu. Makvara jet hızı ile üzerine sutyen, kot pantolon ve bluz geçirdi, hızlıca sokağa fırladı.

***

Köyün meydanında arkadaşları Temo'yu lafa tutmuşlardı.

Dönemeçli yoldan meydana burnunu çıkaran eski minibüs onlardan sadece birkaç metre ötede durmuştu. Kapı açıldı.

İnenlerin arasında Makvala da vardı. Kız sağa sola bakındı.

Birkaç adım attı, sonra durakladı. Orada bir grup genci görünce Temo'nun nerede yaşadığını sorma ihtiyacı duydu. Onlara doğru yürüdü. Bir tanıdık yüzün ona doğru dönüp baktığını gördü. Bu Temo'nun ta kendisi idi. Temo birkaç saniye içinde dona kalmıştı. Sanki gözlerine inanmıyormuş gibi bir hal vardı. Ama az sonra hızlı adımlarla Makvala'ya doğru yürüdü. Kıza yaklaştı. Yüzünü ekşitti. Kaşlarını alnının ortasında topladı. Bir şeyler söylemek üzere ağzını araladı. Sonra kapattı. Kızı baştan aşağı süzdü. Gözlerinin içine soru dolu bakışlarla baktı ve karşı taraftan açıklama bekledi. Makvala onu hayranlıkla süzüyor, gökten inen hediye paketine kavuşmuş, ağzı kulaklarına varmış gibi gülümsüyordu. Temo ona bir adım daha yaklaştı. Dişlerini sıktı. Onu kolundan tuttu, çekiştirdi.

"Ne işin var burada?" diye bağırdı. Makvala silkindi.

"Harika bir karşılaşma, ne dersin! Demek misafirleri böyle karşılıyorsunuz!" Sesini yükseltmişti. Temo sağa sola bakındı. Kızın kolunu bırakıp arkasından yürümeye başladı.

Makvala onun omzunun altında yürüyordu. Nereye gittiğini bilmiyordu ama mutluydu, çok mutluydu. "Seni bu kadar kolay bulacağımı tahmin etmiyordum. Şanslıymışım." Kızın sesi heyecandan titriyor, gözlerinin içi gülüyordu. Temo yolun ortasında durakladı. Ne düşündüğünü, ne yapacağını bilmiyordu. Makvala'nın tuhaf bir kız olduğunu, inatçı olduğunu ve her istediğini mutlaka aldığını da biliyordu ve şimdi burada idi. Bu ısrar inattan mıydı, aşktan mı bilmiyordu. Her ne sebeple olursa olsun Temo kendini yorgun hissediyordu.

Ve hayatında yeni çıkmazlar, sorunlar istemiyordu.

"Bittiğinin farkında değilsin galiba! Buraya geldiğine göre..."

Makvala ses etmedi. "Ben seni çözemiyorum, sadece ne istediğini bilmiyorum. Eğer yanımda mutluysan neden bu kadar perişansın? Neden dağıttın kendini? Bazen yazsın bazen kış, sana ayak uydurmakta zorlanıyorum. Görmemezlikten geleyim diyorum ama yapamıyorum."

Temo içindekileri birden boşaltmıştı. Dönüp kızın yüzüne düşüncelerini okumak ister gibi derin derin baktı. Makvala ondan gözlerini kaçırmış, rengi solmuştu. Susmayı tercih etti, çünkü reddedilmekten korkuyordu. Sadece koluna yavaşça dokundu. Temo'nun sinirden alev alev yanan yüzüne baktı ve üzgün bir sesle, "Belki korkularım var,"diye fısıldadı.

"Ne korkusu?" diye soran Temo şaşırarak baktı Makvala'nın yüzüne.

"Seni kaybetme korkusu." Kız hafifçe gülümsüyordu.

"İnsan neden sevdiği kişiyi kaybetsin anlamıyorum?" diyen Temo adımlarını hızlandırdı.

"Ya bir engel varsa?"

"Ne engeli?" Temo kaşları çatıp bakışlarını kızın yüzüne dikti.

"Eniştem bundan hoşlanmaz," dedi kız.

"Enişten senin kimi sevdiğine nasıl karışır?"

Kız sustu. Onun kolunu daha sıkı kavradı. Gözünün içine tatlı tatlı baktı.

"Babam gibidir, karışır. Ne zaman ne yapacağı da belli olmaz. Hem biliyorsun, benim kimsem yok. Sahipsizim. Ona karşı gelirsem kendimi sokakta bulurum ve bu hiç ama hiç iyi olmaz. Korkularımı anlıyor musun? Anlamak zorundasın."

Makvala farkına varmadan Temo'nun koluna sıkı sıkı yapışmış, sarsıyordu.

"Ona henüz anlatamam."

"Neden? Karşı geleceğini de nerden biliyorsun?"

"Bilmiyorum tabii ki. Ama İyi karşılayamayabilir."

"Peki, bu güne kadar?"

Makvala Temo'nun sözünü kesti. "Bu güne kadar onu Halam oyalıyordu."

"Nasıl?"

"Yani insanın morali bozuk olunca her şey ters gelir değil mi? İyi değiller, yani şimdi halam bende kalıyor. Çok kötü kavga ettiler. Eniştem belli ki kabahatli, sık sık bize geliyor."

Kız Temo'nun gözünün içine baktı. İnandırıcı konuşup konuşmayacağını orada görmek istedi. Konuşmaya devam etti."Yani evde bu aralar hava gergin, çok gergin. Senden bahsedemem. Yani ne tepki vereceğini bilemem."

Temo sinirli bir kahkaha attı.

"Ben önemli değilim, ondan tabii!"

"Saçmalama! Tek sorun eniştem! Ondan kurtulmamız lazım, anlıyor musun!"

Temo o zaman onun neden bahsettiğini bilmiyordu.

Ölümden bahsettiği aklının ucundan bile geçmemişti. "Nasıl yani."

"Onun halamla barışması lazım. Zor günler geçiriyorum, anla işte. Beni yalnız bırakma. Zaten yalnızım. Şimdi anlıyor musun kaybetme korkularımı? Ama eğer seni kaybedersem bir kez daha ölürüm. Buna izin vermek istemezsin değil mi?"

dedi ve ne yapacağını bilmediğinden yolun kıyısında- ki banka oturdu ve ağlamaya başladı. Sonunda Temo yanına oturdu. Omzuna dokundu.

"Annemle tanışmak ister misin?" Makvala sevinçten havaya uçarcasına, "Tabii ki!" diye haykırdı.

Temo'nun annesinden başka hiç kimsesi yoktu. İkisi yokuşun sonunda, dağın tepesinde yalnız duran eski tek katlı evde yaşıyorlardı. Makvala kadını ilk gördüğünde kadın evin önündeki kapı eşiğinde oturmuş beş ince şişle çorap örüyordu. Gençleri gören kadın gözündeki gözlükleri düzeltip kimin geldiğini seçmeye çalışıyordu. Sonunda ,"Oğlum!" deyip ayağa kalktı ve onlara doğru yürüdü. Yaşlı kadın kırışık yüzüyle gülümsüyordu. Temo son adımları daha hızlı attı. Annesinin omzunu okşadı. "Bu kız sana bahsettiğim Makvala anne." Kadın Makvala'ya yaklaştı, koluna girdi. "Hoş geldin yavrum" dedi ve teşekkür etti. Makvala kadının yüzüne kaşlarını kaldırarak baktı. Kadın onun kulağına eğildi. "Buraya geldiğin için, bu kerata belli etmemeye çalışsa da kederleniyordu, besbelli." dedi. Makvala gülümsedi.

Az sonra girdikleri odaya göz attı. Oda oldukça dardı. Duvarları yıpranmış ve kirli duvar kâğıtlarıyla kaplıydı. Camdaki perdeleri bir zamanki beyazlığını kaybetmiş, kirli gri bir renk almıştı. Ayakaltındaki taban yer yer kurtlar tarafından kemirilmiş, çürümüş çökmüştü. Odada demir başlıklı yatak ve yüzü derin, çizikleri olan bir masa vardı. Masanın çevresinde eski tahta tabureler sıralanmıştı. Gardırop olmadığından elbiseler kapı arkasına asılmıştı. Makvala durakladı, silkindi. Cehennemin ortasında aptal âşık gibi dolandığının farkına vardı. Temo'nun yüzüne baktı. Delikanlı utanmış gibiydi. İmdadına annesi yetişti. Kızın altına bir tabure çekti.

Makvala oturdu. Ellerini dizlerinin önüne kavuşturdu, iç geçirdi. Tabanın sabit noktasına bakakaldı. Öfkeliydi. Kime bilmiyordu. Rahatlamak için suçlayacak birini arıyordu, bu da Mişka olmuştu. Çünkü o zengindi. Çünkü o şanslı idi. Çünkü şu an o onun ayak bağı idi.

Akşam yemekte makarna çorbası ve domates vardı. Temo ve Makvala sessizce çorbalarını içerken kadın konuşup konudan konuya sıçrıyordu. Kızın yüzüne derin derin bakıyor, gülümsüyor, samimi olmaya çabalıyordu.

"Temo sana marifetlerini anlattı mı bilmiyorum, ama küçükken çok yaramazdı. Yoyo gibiydi, bir bakıyorsun burada, bir bakıyorsun orada. Temo annesinin yüzüne büyümüş gözleri ile baktı, ama kadın ona aldırmayıp konuşmaya devam etti. "Bir gün komşular kapıya dayandı. Kötü bir şey olduğunu hemen sezmiştim. Sokağa fırladım ve onları takip ettim. Ne gördüğümü tahmin edersin, bizimki komşunun odunluğunun dibinde öylece yatıyordu. Üstü başı kan içindeydi.

"Anne..." diye susturmaya çalıştı Temo annesini ama kadın onu duymuyordu bile. "Meğer bizimki odunların üzerinden düşerken cam parçaları bir yerlerini kesmiş." Temo bakışıyla annesini ikaz etti. Kadın şaka dozunu fazlası ile aştığını anlamış olmalı idi ki tuzluğunun olmadığını bahane ederek ayağa kalkıp oradan uzaklaştı. Makvala Temo'nun yüzüne tatlı tatlı baktı. "Annen şakacı bir kadın, onu sevdim," dedi. Bunu duyan kadın sofraya tuzluk ve bir şişe ev yapımı votka ile döndü. "Birer duble votka hepimize iyi gelir," diye düşündüm, "hem bugün içmeyeceğiz de ne zaman içeceğiz. Makvala'nın şerefine!" diyen kadın çoktan bardağını havaya kaldırmıştı. Makvala kadının halinden memnundu. Ona doğru eğilip, "Sizi öpmeme izin verin," dedi. Kadın memnuniyetle gülümsedi ve kıza yanağını uzattı. Sert votka herkesi biraz çakırkeyif yapmıştı. Yemek arasında türlü türlü gevezelik yapıldı. Kahkahalar atıldı. Sırlar ortaya döküldü.

Yaşlı kadın ona talip olan o yaşlı hovardanın kapı eşiğinde yattığını, ona yüz vermediğini ve sonunda Temo'nun da bu işi öğrenip adama saldırdığını anlattı. "Sen Temo'ya bakma sessiz görünür, ama konu namus olunca vahşileşir." Makvala artık huzursuzdu. O gece bilenmiş bir bıçakla koyun koyuna yattığının farkına varmıştı ama yine de vazgeçmeye niyeti yoktu. Peki Temo kimi düşman bilip kimin peşine düşecekti.

Kurban kim olabilirdi. Makvala mı? Mişka mı? Her şey arapsaçına dönüyordu.

Bu konuşmadan sonra bara geri dönmek Temo'ya cazip geldi. Makvala ise onu kendi evinden uzak tutmayı başarmıştı. Bar çifte kumruların yuvası olmuştu. Makvala gününün tümünü ve gecenin bir kısmını orada geçiriyordu. Mişka çalışmasına karşıydı ama o da kendisini yalnız bıraktığını sık sık hatırlatıyordu. "Bende bir hastalık oluştu. Aç kalma korkusu ruhumu sarmış sanki rahat bırakmıyor. Hayat bana sırtını çevirince..." Mişka bu sözlerle baş edemeyeceğini bildiği için susuyordu. Birgün bu işten yorulup bırakacağını düşünerek kendini avutuyordu. Birgün bu kırgınlığın biteceğinden emindi.

Ama o gün Makvala'nın değiştiğini anlamıştı. Evin kapısını açan Makvala ona burada ne işin var der gibi kaşlarını çatmış bakıyordu.

Aralarındaki heyecan kaybolmuş, Makvala öfkeli ve mağrur bir tavırla kapıda dikiliyordu. "Beni içeriye almayacak mısın?" sorusundan sonra Makvala silkinip, zoraki gülümsemeyi denese de bu hiç inandırıcı değildi. "Neyin var?" diye sordu Mişka. "Yorgunum." Oysa Mişka onun yorgun değil de mutsuz olduğunu yüzünden okuyordu. Elini onun beline doladı. Makvala geri çekildi. Birkaç adım attı.

Koltuğun birinde kendini boş çuval gibi bıraktı. Adam kıza yavaşça yaklaştı. Onu öpmek için eğildi. Ama Makvala bir balık gibi onun önünden sıyrılıverdi. Mişka bu tavır karşısında afalladı. Koltuğa oturup bu tuhaf gerginliği unutmak için televizyonu açtı. Karşı taraftan özür bekleyen Mişka sonunda, "Tanrım her şey yalan mıydı," dedi. Mavkala neyini kast ettiğini iyi biliyor olsa da konuyu çarpıtmak için, "Halam ölümle cebeleşirken biz burada…" dedi.

"Ne yapıyoruz!" dedi adam sert bir şekilde. "Herkes kaderini yaşıyor. O ölecek diye…"

"Beni korkutuyorsun. Bazen çok acımasız oluyorsun."

"Neden? Hayatın gerçeklerini çırılçıplak gördüğüm için mi? Yoksa seni deli gibi arzuladığım için mi!"

Makvala'nın göğsüne bir yumruk oturdu. Adamın yüzüne daha ne kadar acımasız olabilirsin der gibi baktı.

"O ölecek diye bizde mi ölelim! Elimizden geleni yapıyoruz işte! En iyi doktorlara götürüyorum onu, daha ne? Öldükten sonra onunla mezara mı girmem gerekiyor. Ne saçma.

Yoksa sen beni istemiyor musun?"

Makvala kekeledi. Adam bunları kendini rahatlatmak için mi söylüyordu yoksa onu düşündüğü için mi bilmiyordu. Kız omzuna sessizce kafasını koydu ve ne kadar çaresiz olduğunu düşündü.

O gece sevişme esnasında Mişka'nın Makvala'yi bir tek kırbaçlamadığı kalmıştı. Kulağına sık sık, "Sen ölesiye benimsin. Sen ölesiye benimsin ..." diye fısıldıyordu. Aç ruhunu doyuran adam sabaha karşı kızın bedenine sarılmış bir halde uyuya kalmıştı. Makvala korkudan soluğunu tutmuştu. Ceset gibi sessiz ve donuk yatıyordu. Gözlerindeki yaş yastığını ıslatıyordu. Düşünmekten yorgun düşen başı şiddetle ağrıyordu. Mişka onun için kendini gösteren ayna gibiydi. Ondan kokuyordu çünkü öfkenin ne yapabileceğini biliyordu. Bir insanı insan nasıl öldürür? En kolay yolu nedir? Zehirlemek mi, peki ya anlarsa? Boğmak mı? Bıçaklamak? Belki başını sert bir şeyle ezmek ya da kiralık katil tutmak gerekiyordu. Ya Mişka onu aldattığını öğrenirse ne yapardı? Kız titredi. Kanının çekildiğini, dizlerinin çözüldüğünü hissetti. Üzerinde gezen eli sevgi ile karşılamak zorunda olduğundan kendinden iğreniyordu.

Makvala zihnini çürümeye bırakmıştı. Karasevda onu esir almış, sağlıklı düşünmesini engelliyordu. Temo ona zaman zaman çok yorulduğunu, daha az çalışmasını söylediğinde onun iyi niyetini tersinden yorumlayıp, "Sen benden kurtulmak mı istiyorsun!" diye bağırıp çağırıyordu. Bar sahibi onun bu yersiz kaprislerinden iyice bunalmıştı. Kızı ofise çağırdı ve, "Kendine çekidüzen vermezsen, seni işten atmak zorunda kalırım!" dedi. Makvala çaresizdi. Temo olmadan nasıl yaşardı...Deli gibi koştu. Geceydi ve karanlığı aydınlatan renkli ışıklar sadece onun midesini kaldırıyordu. Siyah soğuk duvara yaslandı. Yüzünü göğe bakarak kaldırdı. Huzur bulmak istedi ama yapamıyordu. Temo yanına koştuğunda yerde hıçkırıklar içinde ağlıyordu. Temo onu kollarından tutup kaldırmaya çalıştı. Islak yüzünü göğsüne bastırdı. Makvala kendini geri çekti. Çıldırmış gibiydi. Ağzından hakaretler savruluyordu. "Beş para etmezsin! Senin yanında ben bir hiçim. Ama ne yazık ki sana âşığım! Deli gibi âşığım! Ama yeteri defol hayatım dan defol!"

Temo yüzüne bir tokat indirince kendine geldi. Konuşmuyordu, Temo'dan özür beklemiş bir hali vardı. Oysa Temo ondan daha şaşkın bir halde idi. Makvala'ya değil, yola bakıyordu. Makvala birden sarsıldı, sonra ise ondan uzak, caddenin ortasında koşmaya başladı. Geceydi. Yollar ıslak ve parlaktı.

Arabalar korna çalarak geçiyor, insanlar sinirle bakıyorlardı.

Makvala onları görecek durumda değildi. Kendinden geçmiş, yolda zikzaklar çiziyordu. Beyaz otomobil tam burnunun dibinde son anda frene basıp durdu. Makvala ondan kendini kurtarıp, yoldan geçen taksiye elini kaldırdı. Sarı taksi durdu. Makvala taksiciye gideceği adresi söyledi ve taksi hareket etmeye başladı. İstediği yere vardıklarında Makvala kendini dışarıya attı. Apartmanın önüne hırsız gibi yaklaştı. Sala sola bakındı. Mişka'nın siyah otomobili yoktu. Derin bir nefes aldı. Sonunda kapıyı açabildi ve evine girdi. Odaların içinde bir şeyler kaybetmiş gibi gezindi. Her yerde ışıkları yaktı. Banyoda elini yüzünü yıkadı.

Eşofmanlarını giydi ve yorgun bedenini salondaki koltuğa bırakıp bir müddet sonra uyuya kaldı. Biri onu kuvvetle dürtüyordu. Kız gözlerini açtı ve oturduğu yerden sıçradı. Mişka başında bekliyordu.

"Ne oldu orada?" diye soruyordu kıza öfkeli sesi ile.

"Nerede?" diyen Makvala hafif doğruldu.

"Barda."

"Ne bileyim ben!"

"Çocuk mu kandırıyorsun! Oradan geliyorum!"

"Orada ne işin vardı?"

"Hiç! Geçiyordum, uğradım!"

"Benimle alay mı ediyorsun!" diyen Makvala ayağa kalkmayı denedi, ama kalktığı gibi geri oturdu, çünkü kendini kötü hissediyordu.

"Sana ne oldu anlatmayacak mısın!"

Makvala susuyordu. Çünkü onun ne gördüğünü, ne duyduğunu bilmiyordu. Sonunda, "Yorgunum beni rahat bırak!" diye bağırdı.

"Peki! Sen bilirsin! Beni aptal yerine koymaya devam et!" dedi Temo ve yüzüne yüzünü yaklaştırdı, gözlerini kocaman açıp tane tane, "Oradan tesadüfen geçiyordum anlıyor musun! Kapıda polis arabaları görünce durdum. Seni merak ettim, anlıyor musun! İçeri girdim ve polislerin birilerini kelepçelediğini gördüm. Çevredekilere ne olduğunu sordum. Bana bir sürtüğün iki arkadaşı birbirine düşürdüğünü söylediler.

Sen orada yoktun!"

"Orada değildim çünkü oradan erken ayrıldım."

Adam Makvala'nın yaraladığı yüzüne bakmaya devam ediyordu. Makvala'dan bir açıklama bekliyordu. Ama kız susuyordu. Adam Makvala'nın koluna yapıştı. "O sürtük sen misin?"

Kız adamı itekledi. Ayağa kalktı "Sen aklını mı kaçırdın! Neler diyorsun!"

"Derim çünkü yaralısın. Çünkü barda bir sürtük iki kişiyi bir birlerine düşürmüş! Sen benim yerinde olsan ne düşünürsün?"

"Evet haklısın ama o ben değilim!" Makvala durumunu kurtarması gerektiğini anlamıştı. "Arkadaşımdı," deyiverdi.

Mişka, "Kim?" diye bağırdı.

"Ruso."

"Ruso kim?"

"Dedim ya arkadaşım!"

"Kimsen olmadığını sanıyordum!"

Makvala sabit bir noktaya bakıp susuyordu.

"Ne oldu! Sustun, sen yalan söylemeyi de beceremiyorsun! Ben her şeyi biliyorum!

"Ne demek istiyorsun? Sen benim peşime adam mı taktın!"

"Takmam mı gerekirdi?"

"Saçmalıyorsun!"

"Ben mi?"

"Git başımdan!"

"Peki giderim ama seni de burada bırakmam!

"Ne bu şimdi, tehdit mi?

"Hayır uyarı! Ne sandın, kim olduğunu ne çabuk unuttun.

Hiçbir şeyin yoktu be!"

Makvala bağırmak istiyor ama bağıramıyordu.

"Bana Ruso'yu getir!"

"Kolumu bırak, canımı acıtıyorsun!"

"Allah kahretsin, bütün pislikler beni bulur zaten!"

Az sonra arkasından kapıyı çarparak evden uzaklaştı.

Makvala oturduğu yerde sallanıyordu. Sersemlemiş, olanları düşünüyordu. Mişka ne biliyordu? Ruso neredeydi? Oturduğu yerden fırladı. Odada deli gibi sağa sola dolaştı. Korkuyordu.

26

Ruso hastabakıcılığı benimsemişti. Saat gibi düzenli çalışıyor, hiçbir şeyi gözden kaçırmıyordu. Ailede seviliyor, takdir ediliyordu. Her şeyin yoluna girdiğini düşünüp az da olsa rahatlamıştı. O gün Maro, Ruso'dan meyveli kek istemişti.

Ruso ev hanımının el yazısı ile yazılmış kek tarifini aldı. Aklına hanımının sözleri geldi. Bu tarifte Türk yumurtası yazıyor.

Orada yumurtalar iri, bizimkilere benzemiyor, sen onu dört yap... Ruso'yu bir gülme aldı. Türk tavuklar, bizimkilerden daha tok anlaşılan, diye söylendi. Sonrada İngilizce çalışan Maro'ya döndü, Maro tavuğun İngilizce karşılığı ne dir?" Gülümsedi. "Ne oldu Ruso, yumurtaların sayısı mı düşündürdü seni?" İkisi birden kahkaha patlattı. "Sanırım ikimiz de aynı şeyi düşünüyoruz." Kızların neşeli sohbetini telefonun sesi bozdu. "Efendim!" dedi Maro ve karşı tarafı bekledi. Yabancı bir ses Ruso'yu istemişti. Ruso Maro'nun uzattığı telefon ahizesini eline aldı. Karşı taraf telaşlı, "Ruso sen misin?" diye sordu. Kız evet deme fırsatını bulamadan telefonun ahizesinden Tea'nın dehşet dolu ses fırladı. Ruso irkildi. "Tea seni istiyor," dedi ve telefon gürültü ile kapandı.

Ruso bir müddet durduğu yerden kıpırdamadı. Ne düşüneceğini, ne yapmak gerektiğini bilmiyor gibiydi. Sağa sola bakındı. Bir şeyleri açıklamak zorundaydı ama ne diyeceğini bilmiyordu. Dedeye baktı. Dede yüzünü ekşitmişti. Maro şaşkın gözleri ile onu izliyordu. Sonunda ne olduğunu sordu. Ruso derin bir nefes aldı ve çantasını kapıp sokağa fırladı. Arkasına bakmıyordu. Kendini kötü hissediyordu. Bir türlü suçluluk duygusu içindeydi. Bir kez daha ona güvenen ailesine sırtını dönüyordu.

Utanıyordu. Onu ayıpladıklarını duyar gibiydi ama Tea onun kahramanıydı ve ona yardım etmeliydi.

Ruso taksi durağına kadar koştu. Yaklaşık yirmi dakika sonra Tea'nın apartmanının önündeydi. Merdivenleri ikişer ikişer çıktı. Kapıyı yabancı bir kadın açtı. İçeriye girdiğinde gördüğü manzaraya karşı olduğu yerde dona kaldı. Tea yerde sürünüyordu. Adeta delirmiş gibiydi. Yanaklarında derin tırnak izleri vardı. Gözleri kan çanağına dönmüştü. Yaralı hayvan gibi uğulduyor, başını yere vuruyordu. Ruso yaklaştığında boynuna atıldı. "Annem! Annem!" dedi. Ruso Tea'yı bağrına bastı. Sırtını sıvazladı. Tea ağlıyor, başını Ruso'nun omzuna gömüyordu. "Annem yandı! Yandı!" diye acıyla bağırıyordu. Ruso tek kelime bile edemedi. Annem Türkiye'de bir yangında ölmüş!"

Bu arada doktor Tea için gelmişti. Ruso sonradaan doktorun komşuları tarafından çağrıldığını öğrenmişti. Kıza sakinleştirici iğne yapıldı. Tea yatağının içinde bilinçsizce yatıyor, beyaz tavana boş, boş bakıyordu. Odanın içinde doluşan kadınlarsa Ruso'yu sorguya çektiler. "Sen yangının nasıl çıktığını biliyor musun? Yani sonuçta yakındınız. Türkiye'de nerede çalışıyordu? Ruso dedikodu malzemesi arayan kadınlara sırtını çevirdi. "Küstah!" dedi arkasından bir ses, aldırış etmeden pencereye yaklaştı. Sokağa boş boş bakıp dualar etmeye başladı. Tanrım bu bir yanlış anlaşılma olsun! Aptalca bir şaka olsun, ama gerçek olmasın, diye geçirdi içinden. Odanın sol köşesinde oturan şişman kadının biri çenesini tutamayıp, hırsızlık mı yaptı acaba? Ondan mı biri cezalandırdı yoksa?" diye sordu. Ruso bu kelimeleri söyleyen kadının önünde ok hızıyla belirdi. "Kadın ölmüş! Bu yeterince acı değil mi? Nasıl öldüğü çok mu önemli şimdi?" Kadın bir hışımla evi terk etti.

Kısa sürede evde kimseler kalmadı.

Az sonra Tea derin bir uykuya daldı. Odada derin bir ölüm havası vardı. Telefon çaldı. Ruso avizesini kaldırdı "Efendim!" dedi. Karşı taraf telaşlı bir sesle bir şeyler anlatıyordu. Ruso kelimelerin içinde bir tek morg kelimesini seçmişti. Kız gözlerini sağa sola çevirdi. Onu duyan yok gibiydi.

Tea uyuyordu. Ruso karşı tarafla İngilizce anlaşmaya çalıştı ama kadının biri inatla kendi dili ile kaba bir şekilde bir şeyler anlatmaya çalışıyordu. Sonunda telefon kapandı. Ruso ne yapması gerektiğini bilmeden odada dolanıyordu.

O geceyi uykuda geçirdi, ertesi günü de. Üçüncü gün uyandığında başını kaldırdı, çevreye deli gibi bakındı. Sonra yattığı yerden sıçradı. Kız yatağının üzerinde oturuyor, ellerini ovuşturuyordu. Bakışını bir noktaya sabitlemişti.

Donuk bakışları nihayet karşısında duran Ruso'yu fark etti.

"Türkiye'ye gitmek zorundayım!" diye bağırmaya başladı.

"Annemi görmek zorundayım. Anlatılanlar doğru olamaz.

Onu görmem lazım, anlıyor musun?" Tea kapıya koştu. Ruso onu takip etti.

"Dur! Bekle! Sana bir şey söylemem gerek!" dedi. Tea'nın delirmiş gibi bakan yüzüne endişe içinde baktı ama ağzına geleni bir türlü söylemeye cesaret edemedi.

"Neden konuşmuyorsun? Ne söyleyecektin?" Tea bağırıyor Ruso'yu sarsıyordu.

"Sakin ol! Sakin ol!" diye sıraladı Ruso peş peşe ve acıyla bakan gözlerini kırpıştırdı.

"Peki. Sakinim," diyen Tea arkaya bir iki adım attı ve sakin görünmeye çalıştı. Ruso'nun gözünün içine acı dolu bakışlarla baktı.

"Annen..." dedi Ruso ve devamını getiremedi. Tea'nın kısa bir sessizlikten sonra Ruso'nun yakasına kendinden habersiz yapışıverdi.

"Yaşıyor, değil mi!" diye bağırdı. Ruso nun gözlerinden iri gözyaşları akmaya başladı.

"Keşke..."

"O zaman ne?"

"Konuşsana! Bir şeyler söyle! Susma!" Tea bağırıyor, ağlıyordu.

"Gömüldü."

"Nasıl!"

"Sen üç gündür uyuyorsun."

"Ne zaman?"

"Dün."

"Nasıl haber aldın?"

"Telefon açtılar. İngilizce konuşan bayan vardı, o haber verdi."

Tea sırtını duvara dayamıştı. Susuyor, titriyordu. Az sonra dizleri çözüldü, yere yığıldı. Hıçkırarak ağlıyordu. Onu izleyen Ruso, hayatın acımasızlığına lanetler yağdırıyordu.

Yaklaşık bir hafta sonra Tea annesinin ölümünü kabul etmeye zorlamıştı kendini. Annesinin Tanrı tarafından daha çok sevildiğinden bahsedip gözyaşlarını döküyordu. Ruso sadece birkaç sene önce aynı acıyı tattığı için onu çok iyi anlıyordu ve onunla bir yürek acısını paylaşıyordu. Ama onun güçlü olması gerekirdi. Deniyordu, en azından denemeye çalışıyordu. Kahvaltı hazırlıyor, yemek yapıyor, ortalık toparlıyor, Tea'i hayata döndürmeye zorluyordu. Hatta kızlar eski âdetleri bozup televizyonu bile açtılar. Amaç, bir an önce hayata dönebilmekti.

O gece televizyon açık kalmış, koltuklarında yeni uyuya kalmışlardı. Kapı çaldı. İlk uyanan Ruso olmuştu. Kapının aralığında sıkışan yaşlı, solgun yüzünü görünce şaşkınlıkla kaşlarını kaldırıp uykusuzluktan küçülmüş gözlerini açabildiği kadar açtı. Bu yüzü iyi tanıyordu. Tea babasının fotoğraflarını evin hemen hemen her köşesine koymuştu. Ruso bu adamı oradan tanımıştı. Kapıyı açtı. Adamın yüzüne bir müddet öylece bakakaldı, ta ki adam Tea nerede diye sorana kadar. Ruso adamdan özür dileyerek kapının önünden çekildi. Adam kararsızca attığı birkaç adımdan sonra durakladı.

Siyah valizini yere bıraktı. Ruso'yu baştan aşağı süzdü ve sonra, "Sen Tea'nın arkadaşı mısın?" diye sordu. Ruso kafasını evet diye salladı ve ekledi.

"Tea zor günleri geçiriyor, umarım geldiğinize sevinir."

"Ben onun babasıyım," dedi adam ve Ruso'ya soğuk bir bakış attı. Onların konuşmalarına uyanan Tea, "Baba!" çığlığı ile yattığı yerden fırladı. Kız yaşlı adamın boynuna atıldı.

Kollarını adamın boynuna doladı, başını onun omzuna gömdü ve feryat dolu sesiyle ağlamaya başladı.

"Baba annemin başına gelenleri duydun, değil mi! Adam kızının sırtını sıvazlıyor. Susuyordu. "Sen aksini söyle! Yok öyle bir şey de. Lütfen..." Adam kızın yumruklarına karşı duvar gibi tepkisizdi. Arka arkaya yutkunup susuyordu. Kızının az da olsa sakinleşmesini bekliyordu, ama kızı kendini parçalıyordu. "Kızım!" dedi adam, "kabullenmek zorundasın. Kazan dairesinde yangın çıkmış. Üzgünüm kızım."

"Baba! Annem bunları hak etmedi! Beni ona götür!" diye bağırıp çağırıyordu. Adam onun yalnız olmadığından bahsediyordu. Ruso'nun bu manzaraya karşı yüreği kalkınca oradan uzaklaştı. Mutfağa girip masa başına oturdu. Kollarını masaya yatırıp başının üzerine bıraktı. Şiddetli bir baş ağrısı hissediyordu. Sanki başını mengene ile sıkıyorlardı. Bir müddet sonra odadan gelen ağlama sesleri kesildi. Fısıldamalar duyuldu. Adam, "Seni almaya geldim," diye sık sık tekrarlıyordu. Tea baştan itiraz eder gibi oldu ama sonunda kabul enmiş olmalı idi ki "Rusya'nın soğuk kışından, soğuk insanlardan bahsetmeye başladı.

Ruso oturduğu yerden sıçradı. Şimdi ne yapacaktı? Tea'nın artık ona ihtiyacı yoktu. Ruso pencereye yaklaştı ve duygularına yoğunlaştı. Bedeninden başka neye sahipti? Ruhu neredeydi ve kime emanetti? Ruso kapıyı sessizce çekip çıktı.

Doğru olan da buydu. Gözlerinden akan kan mıydı gözyaşı mı? Başındaki taç ve kraliçeliği ne olmuştu peki? Kraliçeler böyle ağlar mıydı? Ruso ölmek istiyordu. Köprünün altındaki nehir deli gibi akıyordu. Ruso korkuluğa yaklaştı. Gövdesini korkuluğa teslim etti. Nehre atlamak içinse biraz güç gerekiyordu.

"Delirdin mi!" diye bağırdı biri Ruso'nun kapüşonundan yakalarken. Ruso'nun sesi, onu durduran genç adamın sesi gibi titriyordu. Kız kendini siyah zemine bıraktı. Adam üzerine eğilmiş bir şeyler konuşuyordu.

Köprünün üzerinde yan yana yürüyorlardı. "Senin kimsen yok mu?" diye sordu. Ruso susuyor, içindeki ses konuşuyordu. Benim fırında kekim var. Beyaz çarşaflı yatakta yatan dedem ve bana benzeyen kıvırcık saçlı Maro var.

Adam arabayı gecenin karanlığından kaçar gibi hızlı sürüyordu. İkisi de suskundu. Tanrı'nın nabzı Ruso'nun beyninde atıyordu sanki. "Burası!" Otomobil durunca inip yürüdüler. Ailesinin yaşadığı eve sadece birkaç adım kalmıştı.

O an Ruso'nun az önce hayalinde canlandırdığı her şey darmadağın olmuş, dede trenleri parçalamış, Maro saçını sıfıra vurmuş gibi düşündü. Birden kendine geldi ve olumsuz düşüncelerini def etmeye çalıştı. Beyni susunca yüreğinin atışlarını boğazında duyar gibi oldu. Ve son iki basamak... Orada durdular. Ortalık zindan gibi karanlıktı. Hayatının gerisini yokmuş gibiydi. Çok iyi bildiği kapının ötesinden ağlamaklı sesler duyuluyordu. Ruso basamağın birinde oturdu. Dizlerine yaslanıp başını avuçlarının arasına aldı. Birileri ağlıyordu. Ölmüş birinin arkasından ağlar gibiydi sesler. Az sonra Maro'nun parçalanmış sesi duyuldu. Dede ölmüştü.

Merdivenlerinde sarı bir ışık belirdi. Ruso oturduğu yerden sıçradı. Merdivenleri hızla çıktı. Apartmanın giriş kapısına vardığında durakladı. Dışarısı zindan gibi karanlıktı.

Geriye doğru bir adım attı. Onu kimsenin kovalamadığının farkına varmış gibiydi. Çevresine toplanmış insanların ona cevap vermeyeceği sorular sorduklarını düşündü. Belki bu aileyi bırakmasaydı dede yaşıyor olacaktı. Bu düşünce onu öldürüyordu. Dar koridorda ilerliyordu. Ruso titriyor, kusmamak için kendini zor tutuyordu. Bodrumda dedenin eski eşyalarının olduğu yere indi. Arkasından bir ses, "Kader," diye fısıldadı. "Kader doğmak ve ölmektir, hepsi bu kadar!

Şanssa kaderin kalbidir."

Kız dişlerini birbirlerine o kadar kuvvetli geçirdi ki çenesinin ağrıdığını hissetti. Dede de bir zamanlar bebekti. Doğdu ve öldü, hepsi bu kadar! Bu kelimeler onu biraz rahatlatıyordu. Sonunda öleceğimizi bilmek, korkuyu azaltıyordu.

Ne zamandır orada olduğunu kestiremiyordu. Önemi de olmadığını düşünüyordu. Cılız bedenini eski eşyaların üzerine bırakıvermişti. Beynini susturmaya çalışıyordu. Sonunda uyuyakaldı.

Ruso'nun gözbebekleri giderek ağırlaşıyordu. Rüyaya daldı. Buradaki insanlar çok çirkindi. Çoğu yaşlı ve sakattı. Aralarında dede belirdi. Üzerinde siyah gömlek ve siyah pantolon vardı. Ayakta idi. Gür siyah saçları vardı. Gülümsüyordu. Ruso onu şaşkınlıkla izliyordu. Sonra birden gözünden kaçırdı. Baktığında dede ondan uzaklaşıyordu. Adam tren yolunun üzerinde duruyordu. Uzaklara gideceğini söylüyor, ona elini sallıyordu. Kız kan ter içinde uyandı. "Ah tanrım! Bazen hiç doğmasa mıydım düşünüyorum. Allah'a karşı gelinmez denir ama peki şimdi nerede! Neden yanımda değil." diye kız dudaklarını ısırdı. Sesiz olması gerektiğini anımsadı.

Ne kadar sesiz... belki sonsuza dek! Çok mu susadım ölüme, diye sordu kendine. Kulağının arkasından bir cevap duydu.

"Evet, kaçacak bir yerin olmalı. Mesela tren yolu..."

27

Makvala aynanın karşısında rujunu tazeliyordu.

Suskundu ama beyninde sanki bir atlı ordusu koşuşturuyordu. Temo onun aklını başından almıştı. Ortalıktan kaybolarak onu iyice delirtmişti. Makvala Mişka'nın tehditlerini ciddiye almayıp gidebileceği her yeri ziyaret ediyordu. Şimdi ise aklına işsizlik bürosu gelmişti. Oraya gideceğinden adı gibi emindi. Kız aynada kendine bakıp, incecik parmaklarını yüzünde gülümseyerek gezdirdi. Sonra beyaz dar tişörtünün içinde sıkışan göğüslerini düzeltti. Ayağa kalktı. Mişka'nın paraları ile döşenmiş dairesine göz attı. Yüzünü ekşitti. "Kahrolası para," diye söylendi. Sandalyeye asılı kot ceketini üzerine alıp sokağa çıktı. Hırsından adımlarını nerede ise koşarak atıyordu.

Sonunda sarı taksiyi çevirdi.

Baharın son günleriydi. Gri bulutlar gökten kaçıp toprağa kavuşacağını kafaya koymuş gibi iyice aşağı sarkmışlardı. Hava kapalıydı ama yine de bunaltıcı bir sıcak vardı.

Makvala'nın gözleri sokakta sevdiğini arıyordu. "Dur!"diye bağırdı birden ve burnunu cama yaklaştırdı. Sürücü yavaşladı. "Burada durmam imkânsız, trafiğin ortasındayız."

"Tamam, tamam gidebiliriz!" dedi kız sinirle. "Birini mi gördünüz?"

Makvala sustu ve "Ruso,"diye fısıldadı. "Ruso bu kadar zayıf değildi," diye sesli bir şekilde düşündü. "İnsan insana benzer değil mi?" dedi taksici üzerine alınarak.

Adam kıkırdıyordu. Makvala o an bütün erkeklerden nefret ettiğini hissetmişti. Makvala taksiden indi. Adımlarını hızlı ve uzun atarak varacağı yerine varmak için acele ediyordu. Açık büronun dar penceresine yaklaştı. İçeride genç bir adam ve kadın sandalyede oturuyorlardı. Başlarını bilgisayar ekranına gömmüşlerdi. "Affedersiniz!" dedi heyecandan titreyen sesi ile. Gençler kafalarını kaldırarak kızın yüzüne baktı ve sözünün devamını beklediler.

"Size birini soracaktım. Temo Natroşvili. Acaba sizin şirketin yardımı ile mi yollandı Türkiye'ye?"

"Bilgi veremeyiz."

"Saçmalık bu! Bakın hanımefendi, size kibarca soru sordum, bu kaba cevabı hak etmiyorum değil mi!"

"Anlıyorum."

"Neyi anlıyorsun. Eğer anlıyorsan baksana bu kahrolası bilgisayara! Haydi!"

"Biz bilgi veremiyoruz."

"Neden?"

"Hayır. Yasal değil."

Makvala pencereyi yumrukladı. "Her şey yasal yollardan yapılıyor sanki burada!" diye bağırıp oradan uzaklaştı. Çıldırmış gibiydi. Yakında bir kafeye oturdu. Yanına yaklaşan garsondan bira ve bir paket sigara istedi. Birasını kafasına dikti ve bir sigra yakıp derin bir nefes çekti. Efkârdan gözleri kasılmış, kızarmıştı. Elleri titriyordu. Hem oradaydı, hem değildi. Bira şişeleri ikilendi, hatta üçlendi. Sonunda sayısını unuttu.

Bir ses duydu. Önce hayal gördüğünü düşünüp aldırmadı ama sonunda hayal olmadığını anlamış gibi başını hafifçe kaldırdı. Kızarmış gözlerinin arasından umutsuzca çevreye bakındı. Her şey hareket edip çoğalıyordu. Tıpkı fotokopi makinesinde yanlış bir tuşa basılmış gibi. Yanına aynı garson yaklaşmıştı. Çok net duyamasa da garsonun koluna dokunup "Size taksi çağırmanı ister misiniz?" dediğini anladı. Makvala gülümsüyordu. Ardından, "Ben iş arıyorum, yardım eder misiniz?" diyen eskiye dair bir ses daha duydu ve doğrulmaya çalıştı. Gözlerine inanmıyordu, sesin sahibi Ruso idi. Önce delirdiğini düşündü, sonra ona seslendi. Ruso başını çevirdi.

Gözlerini fal taşı gibi açıp, şaşkınlıkla eliyle ağzını kapadı. Yerinden kıpırdamıyordu. Hatta nefes almıyordu bile. Bir kez daha ayağa kalkmaya çalışarak sendeledi. Ayağa kalkmaya çalışırken masadakileri devirmişti. Garson Makvala'ya doğru koştu. Düşmek üzere olan kızı kolundan yakaladı. Sonra donakalan Ruso'ya sert bakış attı ve seslendi. "Arkadaşınızı bu durumda mı bırakacaksınız!" Ruso yavaşça Makvala'ya yaklaştı. Makvala oturuyor, kanlanmış gözleri ile onu izliyordu. Ruso oradan uzaklaşması gerektiğini hissediyordu ama bir güç onu tutuyordu. Makvala aklını kaybedecek kadar sarhoş değildi ama Ruso'ya öyle görünmek istedi. O anda tek amacı zaman kazanmaktı. Sonrasını sonra düşünecekti. Ruso şaşkındı, korkuyu, heyecanı aynı anda yaşıyordu. Tanıdık bir yüz görmek ona iyi gelmişti. Bu yüz Makvala olmasına rağmen. Makvala'nın iyi görünmesine şaşırmadı, çünkü onu iyi tanıyordu. Garson sarhoş Makvala'nın koluna girdi ve Ruso'ya yardım et dercesine baktı. Onu hareketsiz görünce "Haydi!" diye seslendi. Ruso kararsız, Makvala'ya yaklaşıp diğer koluna yapıştı. Onları bekleyen taksiye kadar beraber yürüdüler. Garson ayakların diplerinde durmakta olan taksinin kapısını açtı ve gönderdi onları. Makvala orta yaşlı kel olan sürücüye ev adresini kekeleyerek söyleyince, adam birkaç kez tekrarlatmak zorunda kaldı.

Akşam saati olduğundan trafik yoğundu. Kızlar suskundu. Makvala başını Ruso'nun omzuna koymuştu. Gözleri kapalıydı. Birden başını kaldırıp kötü olduğunu söyledi. Sonra Ruso'nun üzerine kustu. Bu duruma karşı küplere binen sürücü bir yandan peçeteleri uzatıyor, bir yandan bağırıyordu.

Karşılık veren Makvala adamın üzerine yürüdü ama Ruso onu zapt etti ve adamdan defalarca özür diledi. Sonunda yoğun şehir trafiğini bırakarak apartmanın önüne geldiler. Makvala çantasını karıştırıp bir tomar paradan bir onluk seçti ve adama fırlattı. Kızlar arabadan indiğinde Makvala Ruso'nun koluna girdi. Sevinçli idi çünkü zaferini kutluyordu. "Sağ ol arkadaşım," dedi ve kızı yanağından öptü. Ruso onun samimiyetine inanmak istemiyordu ama başka çaresi de yoktu.

Makvala çantadan anahtarlarını çıkardı ama kapının deliğine denk getiremedi. Sonunda anahtarları Ruso'ya verdi.

Ruso kapıyı açtı. İçeriye ilk adım atan Makvala donup kalmış Ruso'yu kolundan tutup içeriye çekti. "Keyfine bak!" dedi ve yatak odasına yürüdü. Ruso çevresine şöyle bir göz attı. Burası zevkle döşenmiş şirin bir daire idi. Kız acı acı gülümsedi.

Oradaki koltukların birine oturdu. Sırtını koltuğun sırtlığına dayadı. Ellerini göğsünde kavuşturdu. Ve derin düşüncelere daldı. Hâlâ Makvala'yı arkadaş bilip sevdiğinden kendine öfkeli idi. Seviyor muydu yoksa çıkarı için mi öyle söylüyordu, emin değildi.

Ev sessizdi. Ruso aç olduğunu hatırladı. Mutfaktan bir dilim ekmek ve bir dilim peynir arakladı. Gece yarısından sonra koltukta uyuyakaldı. Makvala, Ruso'nun başına dikilmiş onu izliyor, içten kahkahalara boğuluyordu. Kader kurbanlık koyununu ayağına getirmişti. Ruso bir deri bir kemik kalmıştı. Makvala onun bu halinden hiç hoşlanmadı çünkü onun Mişka'nın gözünü boyaması gerekirdi. Bu durumda Ruso'nun dış görünüşü önemli idi. Bu kılıkla iki adamı birbirine nasıl düşürecekti ki. Makvala Ruso'nun başucuna oturdu. Ona doğru eğildi. Onun kirli saçına dokundu ve, "Zavallım..." diye fısıldadı. Ruso yattığı yerden sıçrayarak fırladı.

Gözleri boş ve korku doluydu, titriyordu. Makvala da ayakta idi.

"Eğer korkutuysam özür dilerim. Ben sadece senin hâlâ burada olup olmadığını görmek istedim," dedi ve kıza dokunmaya çalıştı. Ruso kendini geri çekti.

"Gitmemi mi istiyorsun?" dedi boğuk bir sesle.

"Hayır! Saçmalama. Ben o zaman da gitmeni istememiştim. Olur mu hiç?"

Ruso'nun yüzünde güvensizlik belirdi. "Evet istememiştim. Telefon etmek için kulübeye kadar gitmiştim ki geldiğimde yoktun."

Ruso iç geçirdi. Makvala ona tekrar dokunmaya çalıştı.

Ama Ruso kaçıyordu. Makvala öfkeli bir sesle ellerini savurarak bağırmaya başladı. "Sen bana inanmıyor musun yoksa!

Yani kalleşlik yaptığımı mı düşünüyorsun! Ruso'nun koluna yapıştı. İnanmıyorum sana! Bak susuyorsun, bana inanmıyorsun! O ise ben o günden beri seni her yerde aradım.

Ruso biz arkadaşız. Çok önceden arkadaşız. Hatta kardeşiz.

Makvala sustu. Geriye doğru bir adım atıp oturdu. Ruso ise gözlerini boşluğa salıvermiş, siyahtan beyazı ayıklamaya çalışıyordu. Titriyordu. Az sonra gözünden yaş aktı. Makvala onun bu duygusal anını kaçırmadı. Tekrar yanına yaklaştı.

Sıkı sıkı sarıldı. "Unutalım her şeyi," diye geveledi ve ekledi. "İyi bir kahvaltı yapmaya ne dersin?" Ruso kafasını evet dercesine salladı. Peki, sen duş alırken ben sofrayı kurarım."

Ruso'nun arkasından bakıp yine dört ayaküstüne düştüğünü düşünüyordu. Sofrayı donatmıştı. Ruso'nun sandalye minderini kabarttı ve elini iki tarafa açarak, "Buyrun," dedi. Ruso sandalyenin kıyısına oturdu. Dolu sofraya göz attı. Yutkundu. Karşısında oturmaya hazırlanan Makvala'ya bakıp iç geçirdi. Makvala onun bu haline şaşırmadı. Onu iyi tanıyordu.

Canı sıkkın olan Ruso hayata küsüyor, içine kapanıyordu.

"Ee aç değil misin? Neden yemiyorsun? Eğer başka bir şey istiyorsan..."

"Hayır! İstediğim bir şeyim yok." Sesi donuktu.

"Haydi o zaman", diyen Makvala Ruso'nun tabağına peynirin, omletin ve salamın bir parçasını koyup, börek tabağına uzandı. Ruso el işareti ile yeterli olduğunu söyledi.

Makvala'nın sabahki neşesi sönüverdi. Ruso'nun inadını bildiğinden, kızın üstüne fazla gitmemeye karar verdi. Az sonra odada derin bir sessizliğin içinde çatal ve bıçağın tıkırtıları duyuluyordu. Makvala'nın içindeki fırtına sakinleşmişti. İstediğini elde etme çabasındaydı, şirinliğine, şeker ev sahipliğine devam etti.

"Bana bir şey sormayacak mısın?"

"Ne gibi?"

"Yani neredeydim, ne yaptım?"

"Belli..."

"Sen yanlış anladın. Bu evi bana eniştе aldı. Mişka'yı hatırlıyorsun değil mi. Yani duymuş olmalısın."

"Evet duydum. Hayırlı olsun," dedi Ruso ve kafasını yere eğdi. Odaya derin bir sessizlik hâkimdi. Bu kez sessizliği Makvala'nın elindeki telefonun tuşları bozdu.

"Alo... Enişte, merhaba, bil bakalım burada kim var? Hani sana bahsettiğim sınıf arkadaşım vardı ya Ruso, onu buldum, o yanımda. Aaaa sana ne diyeceğim enişte, bir iki hafta bizi rahatsız etme, Ruso perişan, onunla takılacağız biraz."

Karşı tarafın, "Ne saçmalıyorsun!" dediğini duyuyordu Ruso.

Makvala bunun farkında olduğundan sıkıntıyla karışık gülümsedi.

"Kızla ilgilenmem lazım. Bir görsen, hali perişan anlıyor musun?"

Ruso hiç beklemediği iyiliğe karşı hem şaşkındı, hem korkmuştu. Birden ayağa kalkan Ruso, "Gerek yok!" dedi ama Makvala duymazlıktan geldi.

"Peki, bir ara uğrarım. Hoşçakal."

Makvala telefonu sertçe kapattı.

"Bana iyilik yapmak zorunda değilsin."

"Sana iyilik yaptığımı kim söylüyor. Ben iyiliği kendine yapıyorum anlıyor musun, kendi vicdanım için. Seni bıraktığım yerde bulamadım diye uyku haram oldu."

Ruso yavaşça oturdu. "Eğer işin varsa seni meşgul etmek istemem."

Makvala iç geçirdi. Gözlerini yere indirdi.

"Bir işim vardı evet! Ama artık yok! Eniştem sağ olsun, geri kafalı ne olacak. Bazı şeyleri ona ters."

"Ne gibi?"

"Mesela, genç bir bayan genç bir erkekle arkadaş olamaz."

"Yalan mı?"

"Tabii ki yalan. Neden olmasın. İlla sevgilimi olmalılar."

Ruso alaylı gülümsedi. "Söz konusu sen olursan..."

"Sen de mi aynı fikirdesin?"

"Seni tanıyorum. Demek eniişten de seni tanımış. Kıskanç mı yoksa."

Makvala konuyu başka tarafa çekme çabaları ile, "o kendi parasını kıskanıyor."

"Kimden?"

"Uzun hikâye. Sonra anlatırım." Dedi ve başını yere eğdi.

"Eniştenin düşüncesinde kötü bir yan olacağını sanmıyorum Makvala," dedi Ruso onun yüzüne dik dik bakarak.

"Haklı olabilirsin," diyen Makvala'nın yüzü ekşimişti. Kız ayağa kalkıp Ruso'ya kahve içip içmediğini sordu. Ruso kafasını salladı. Makvala'dan gizlediği bakışlarda sevinç ışıkları parlıyordu. Düşündüğünü dile getirdi."Tıpkı eski günlerdeki gibi değil mi?"

"Bundan şüphen olmasın," diyen Makvala Ruso'nun omzuna dokundu. Onun kulağına doğru eğilerek, "Anca beraber, kanca beraber,"dedi.

Ruso rahatlamış göründü. Sırtını koltuğa yasladı. Yeni bir hayata başlamayı çok istiyordu. İç geçirip, "Ah Makvala, bazı rüyalardan uyanmak o kadar zor geliyor ki insana..."

"Bu rüya değil tatlım, bu hakikat, ben buradayım, senin karşısında."

Karşılıklı gülüştüler ve sustular. Birkaç dakika derin bir sessizlik oldu. Ruso Makvala'nın durgun, kaybolmuş yüz ifadesine baktı. Ne düşündüğünü merak etti. Ona bakınca kendini dişi aslanın yanında yeni doğmuş bir bebek gibi hissetti.

"Fal bakalım mı?" diye sordu.

"Olur," diyen Makvala fincanını tabağının üzerine çevirdi.

Üzerine işaretparmağını bastırdı. Gözlerini boşluğa saldı, iç geçirdi. Az sonra Ruso fincanını eline aldı. İçine baktı. Sonra Makvala'nın soluk yüze baktı.

"İki kişinin arasında kalmışsın," dedi ve cevabını beklercesine yüzüne baktı.

"Evet var öyle bir durum, senden gizleyecek değilim arkadaşım. Sen hiç âşık oldun mu?" sordu Ruso ağzındaki eksik dişleri göstererek güldü, "Tabii ki hayır. Bana kim bakar ki âşık olayım."

"Karamsarlığa lüzum yok, seni öyle bir çıtır yaparız ki...."

"Aman kalsın. Ya sen? Sen hiç âşık oldun mu?" Makvala ses etmedi, Ruso, "Her zamanki gibi mi?" diye sordu ısrarla.

"Yok bu kez farklı. Bu kez ben ben değilim. Sanki benim bedenime Temo yerleşmiş. Her yerde onu yaşatıyorum, onu soluyorum. O olmayınca kötüleşiyorum. Düşünebiliyor musun arkadaşım, ben bunları yaşıyorum. Öyle ağır bir ıstırap ki bu bazen öldüğümü sandığım oluyor. Yanı ben çok kötüyüm, yarı ölüyüm. Ben erkekleri parmağında oynatıyordum bilmiyor musun, ya şimdi... Beni anlıyor musun Ruso kötüyüm, çok kötüyüm. Dertleşecek bir kimsem de yok! Yok işte senden başka kimsem yok! Lütfen, lütfen beni bırakıp gitme."

"Gidecek yerim var da sanki." Makvala zırlamayı kesti.

"Sormaya bile korkuyorum ama neredeydin?"

Ruso oturduğu yerden fırladı, masadan uzaklaştı. Pencereye yaklaşıp sokağa baktı.

"Hatırlatma," dedi donuk bir sesle ve sustu. Sonra birden konuşmayı başladı.

"Tanrı beni sevmiyor Makvala, sevse kim olduğumu şaşırtmazdı. Karşıma çıkanların yutacağı kolay lokma olmazdım. Bana neler yaptılar biliyor musun? Dayak ve açlık az kalır. Kendimden nefret ediyorum."

Ruso, şiddetli bir şekilde ağlamaya başladı ve yere yığıldı.

Makvala çığlığı bastı ve yerde yatan arkadaşının üzerine eğildi. "Aç gözlerini!" diye bağırıyordu. Sonunda telefon açmayı akıl etti.

"Alo! Mişka! Ruso bayıldı, ölüyor galiba! Ne yapacağım ben…."

"Ambulansı ara!"

Hastaneye gittiklerinde doktor Ruso'nun tansiyonunun düştüğünü söyledi. Makvala Mişka'nın koluna yapıştı.

"O benim tek arkadaşım. Onu kaybetmek istemiyorum.

Yardım et lütfen." Yalanları sıralıyordu.

"Ben ne yapabilirim ki?"

"Doğru, aptal kız kendini intihara sürüklüyorsa sen ne yapabilirsin ki. Gözü kararmış zavallının, ne aşkmış bu böyle bilmem ki."

"Delilik bu delilik. Kusura bakma ama arkadaşın delirmiş olmalı."

"Sen aşka delilik mi diyorsun?"

"Yok, hastalık demek istedim."

"Pes yani!" karşılık verdi Makvala. "Bu kadar geri kafalı olduğunu bilmiyordum. Yoksa beni de mi sevmiyorsun?"

"O başka."

"Nasıl başka, aşkı ciddiye bile almıyorsun."

"Alıyorum tatlım ama aşırısı hastalık."

"Peki o zaman dünyanın yarısından fazlası hasta mı? Ya aşk romanları yazanlar, onlarda mı? Film yapanlar da mı?

Bende mi?"

"Sen bana o kadar âşık mısın?"

"Değil miyim?"

"Bilmem."

"Eğer bana güvenmiyorsan, defol!"

"Makvala ne istiyorsun, kavga etmek mi?"

"Hayır, hayır Ruso'ya üzülüyorum sinirlerim bozuk. Ona nasıl yardım edeceğimi de bilmiyorum."

"Sevgilisine telefon aç. Hasta olduğunu haber ver."

"Sahi mi!" diyen Makvala farkına varmadan havaya sıçrayıp alkış patlattı."

Mişka şaşkınlıkla onu izleyip, "Ben ne dedim ki şimdi."

Geveledi.

"Hiç," dedi kız, "sen aşka inandığını bana gösterdin, hepsi o kadar."

Güldü Mişka. Arkasından kuyu kazıldığından habersizdi.

Makvala ondan uzaklaştı. Telefonuyla Temo'nun numarasını tuşladı. Uzun süredir kapalı olan telefon çalıyordu.

Makvala kollarını masaya dayamıştı. Makvala onun karşısında oturan Temo'yu süzüyordu. Genç adam başını eğmişti. Önündeki beyaz fincana dalgın dalgın bakıyordu. Temo on yaş yaşlanmış gibiydi. Makvala kendi derdini ona yüklediğinin farkındaydı. Bu durumdan rahatsızdı. Kendini at üzerindeki sarsak bir jokey gibi hissetti. Tek bir hata ikisini de ölüme sürükleyebilirdi. Onun boşta duran eline dokunmak istedi, ama sonra bu kötü bir fikir olduğunu anımsadı. Mişka bir yerden onları izliyor olabilirdi.

"Yorgun musun?"

"Evet."

"Beni tanıdığı günden daha fazla değil mi?"

"Evet."

"Ben de yorgunum, tıpkı senin gibi, ama sana karşı sevgim sarsılmadı. Yüreğim benimle inatlaşıp güzel günleri hatırlatıyor.

"Bu imkânsız!"

"Neden?"

"Bilmem, arada kalan sensin!"

"Saçmalıyorsun!" Haykıran Makvala bir an onun gerçekleri öğrenmiş olabileceğinden korktu.

Temo onun aklını okuyormuş gibi konuştu.

"Evet, ben ve para…Hangisi daha ağır basıyor sence?"

"Ben seni seviyorum! Para ise ihtiyaç. Asıl sen sabretmeyi bilmediğinden biz bu haldeyiz! Her şey düzelecek diyorum sana."

"Nasıl?" Yumruğunu sıkıyordu.

"Haline bak, her şeyi yıkmak üzeresin. Kendini düşünmüyorsun anladık, ya beni? Beni suçlarken bir gün de benim yaşadıklarımı düşündün mü? Günlerce deli gibi seni aradım.

Ağladım, acı çektim. Sen ne yaptım? Beni bırakıp yok oldun.

Ben buna da göz yumdum. Hatta bazen diyorum ki iyi ki gitmişim. Sana teşekkür borçluyum. Seni ararken eski arkadaşıma, dostuma rastladım. Berbat bir halde. Aç ve sefil.

Hayattan bıkmış. Dahasını bilmek ister misin?"

Temo susuyordu.Temo masadan uzaklaştı, sırtını sandalyeye yasladı.

"Sus!" dedi.

"Neden? Eğer eniştem olmasaydı ben de..."

"Makvala lütfen."

"Ben dayağın açlığın içinde büyüdüm. Ne olduğumu iyi biliyorum ve bana parayı seçtiğimi söylüyorsun. İnsanı yargılamadan önce onun her şeyini bilmek gerekmez mi? Karşındakini suçlamak kolay ama anlamak daha zor değil mi?"

"Özür dilerim."

"Özür dileme!"

"Arkadaşını görmek istiyorum."

"O hastanede. Eniştemle beraber getirdik. Bilmiyorum uygun olur mu?"

Makvala hastanenin binasına bakıyordu. Temo ayakta idi.

Mişka iki kişinin ona doğru yürüdüğünü gördü. Makvala ona el salladı. Mişka beli belirsiz gülümsedi. Temo kaşlarının altından adamı süzdü. Tokalaşmak için elini uzatıp, Makvala sizden bahsetmişti," dedi. Adam kafasını hoşnutlukla salladı.

Makvala gerçeklerin su üste çıkmaması için tanışma faslını kısa tutması gerektiğini biliyordu. "Sana eniştemden bahsetmiştim. Beni bir baba gibi kollar."

Ekledi ve belli belirsiz gülümsedi. Temo'nun sönük gözlerinde bir ışık parladı.

"Memnun oldum," dedi enişte. Devam edecekti ki Makvala Temo'yu kolundan çekiştirdi.

"Gel ben sana Ruso'yu göstereyim."

İkisi hızlı adımlarla Ruso'nun yattığı odaya doğru yürüdüler.

Mişka olduğu yerde kaldı. Belki de karanlık kuyunun dibini görmek istemedi. Burada şüphe edici durum göremiyorum, diye düşünse de kızın söylediklerine inanmamıştı. Sadece inanmak istedi. Onu kıskanıyor muydu acaba? Makvala'nın yüzünü gözünün önüne getirdi. Aşktan bahseden kız samimiydi? Adam Hastaneden hızlıca koşarken Makvala'nın peşinden geldiğini hayal etti. Aldatan birinin yalanlarının insanı ne hale çevirebileceğini, onun Maklava'nın gözünde yaşlı bir hovarda olduğunu düşündü ve sonra içindeki sesi susturmak istedi.

Tek bir çıkış yolu vardı, gerçekleri kabullenip kendine yenilmek. Çıkış kapısından geri dönen adam bir an evvel Makvala'nın koluna yapışacaktı ve ona gerçekten ne istediğini soracaktı. Ona yaklaşmaya sadece üç dört adım kalmıştı ki Makvala'nın sesini duymuştu. "Eniştem olmasa belki de onun yerinde ben olacaktım. Aç ve sefil... Anlıyor musun aç ve sefil." Kız ağlıyordu. Temo ağlıyordu. Adam onlara yaklaşmak istedi ama sonra vazgeçti. Onu o an saran tatlı büyünün bozulmasını istemedi. İsteksiz de olsa gençlere sırtını dönüp yürüdü.

Hastane çıkışında, yolun sol tarafında park halinde olan arabanın içinde oturmuş küçük aynadan yolu izliyordu. Elindeki çalacak umudu ile tuttuğu cep telefonunu tutarken, yazdığı senaryonun sonunu merak ediyordu. Makvala, Mişka'nın bir köşede pusuya yatmış onları izlediğinden emindi, bu yüzen tedbirli davrandı. Temo kendini kötü, suçlu ve huzursuz hissediyordu. Başını öne eğmiş kızın yanında sessiz sessiz yürüyordu. Makvala cebinden telefonu çıkardı ve Mişka'yı aradı. Temo'nun da rahatlıkla duyabileceği şekilde, "Benim, müsait misin? Başım çatlamak üzere. Beni eve bırakır mısın?

Uyuyacağım," dedi. Makvala Temo'nun bakışlarını üzerinde hissetti ama aldırış etmedi. Onun acı çekmesini ve kendisine bir adım daha yaklaşmasını istedi.

28

Ruso uzun süredir ilk kez kâbus görmediği bir gece geçirdi. Her zamanki gibi sabah erkenden uyandı. Aynaya baktığında iskelet gibi kuru olan yüzüne az da olsa renk geldiğini gördü. Nemli gözlerindeki bakışları hâlâ hüzünlüydü. Aynada kendine gülümsedi. İyi günlerin gelmesini dileyip tekrar hüzünlendi. Hayat iyi şeyleri ondan saklamaya devam ediyordu.

İçinde bir korku vardı. Onu rahatlatacak tek şey, kendisiyle kavga etmek, sahip olduklarını kendine hatırlatmaktı. Emanet de olsa, başını sokacağı bir ev, yiyeceği ekmeği vardı. Kendini oyalamak için radyoyu açtı. Makvala yatak odasında uyuyordu. Gürültüye uyandı ve akşamdan kalma haliyle gözlerini zar zor açarak, Ruso'ya radyoyu kapatmasını ve kendisine bir kahve yapmasını yüksek sesle emretti.

Ruso hiç sesini çıkarmadan dediklerini yaptı. Onun aksi hallerini, nasıl ikiyüzlü biri olduğunu biliyordu. Mutfakta başını eğip kahvenin köpürmesini beklerken, içinde taşıyamayacağı bir ağırlık hissetti. Annesinin bu kızın gerçek yüzünü en başından gördüğünü hatırladı.

"Nerede kaldı kahvem!"

"Getiriyorum."

"Çabuk ol!"

Makvala kapıda elinde kahve fincanı ile giren Ruso'yu görünce hafiften başını kaldırdı. Akan rimellerinin siyaha boyadığı gözlerini ovuşturdu ve Ruso'ya sinirli bir şekilde bakıp, yakınlaşmasını işaret etti. Makvala yatağının içinde doğruldu ve fincanını aldı.

Ruso orada duruyor, yerinden kıpırdamıyordu. Makvala'nın açıkta kalan göğsüne baktı, dün gecenin izlerini taşıyan morluklar vardı. Makvala Ruso'nun bakışını yakalayınca geceliğini çekiştirdi. Ruso'ya dik dik baktı ve bağırmaya başladı.

"Ne söylemek istiyorsan söyle, içinde kalmasın!"

Ruso sırtını dönüp yürümeye başladı. "Gitme! Dur! Sana söylüyorum! Konuş!"

Makvala çileden çıkmıştı. Sırtının arkasındaki yastığı kızın üzerine fırlattı. "Git! Defol! Beni kötü bil! Umurumda olduğunu sanıyorsan yanılıyorsun. Hepinizden nefret ediyorum! Hepiniz çok namuslusunuz bir tek ben fahişeyim değil mi! Kendinden hiç bahsetmiyorsun ama!" Ruso kulaklarını tıkadı. O an katil olmak, sonra da hafızasını tamamen yok etmek istedi. Kâbuslardan kurtulmak için her şeyi yapardı. Duvara yaslanmış hıçkırıklarla ağlıyordu.

Ölmek için Tanrı'ya yalvarıyordu.

O gün ikisi evin içinde hiç konuşmadan asık bir yüzle dolaştılar. Makvala oynadığı oyunun sonunu göremez olmuştu.

Her şey arapsaçına dönmüşken, dişini geçirebileceği tek insan yanında duruyordu.

Ruso aslında Makvala'nın söylediklerinde doğruluk payı olduğunu biliyordu. Kendine öfkelenmişti. Yanlış olan onun varlığıydı belki de. Belki de Makvala doğru olanı yapıyor, aklına geldiği gibi yaşıyordu. Birden benim kızım böyle biri olamaz diyen bir ses duydu içinde bir yerde, annesinin sesiydi.

Bu kez gülümsüyor, kendini yalnız hissetmiyordu. O kadar dalmıştı ki çalan telefonun sesini duyamadı, ta ki Makvala onu kolundan tutup sarsasıncaya dek.

"Telefona bak ve eğer Mişka'ysa alışverişe gittiğimi söyle."

Ruso kafasını salladı ve işte bir yalan daha, diye geçirdi içinden. Telefonda Mişka'ya yalan söyleyen kız, huzursuzdu. Onun gözetlediği gibi Mişka kötü biri değildi. Kibar ve ilgili idi. Evin bütün ihtiyaçlarıyla ilgileniyordu. Ama yine de bir yerde terslik vardı ki Makvala sık sık ondan kaçmaya çalışıyordu. Makvala paradan ve ilgiden kaçacak biri değildi. O zaman yanlış olan ne idi?

Ruso bu soruyu o gece öğreneceğini aklının ucundan geçirmemişti bile. Ama o gün rüzgâr tersine esti. Kapı çaldı. Mişka her zamanki gibi dolu elleri ile kapıda belirdi. "Merhaba Ruso, beni içeriye almayacak mısın?" Kız kapının önünden çekilip, yol verdi. Mişka içeriye girdi. Çevreye şöyle bir göz attı. Kızı süzdü ve Makvala'nın nerede olduğunu sordu. Ruso birkaç saniye onun yüzüne bakamıyordu. Ona yalan söylemek istemiyordu.

"Sokağa çıktı."

"Niçin?"

"Alışverişe."

"Peki." Mişka ondan yardım istedi ve ona elindeki torbaların bir kısmını uzattı. İkisi mutfağa yöneldiler. Elindekileri masanın üzerine boşaltırken istemeyerek de olsa göz göze geldiler.

"İyi misin?" diye sordu Mişka kızın titreyen ellerini görünce.

"İyiyim. Bir isteğin var mı?"

"Yok, ama akşam yemeğine yardım edersen sevinirim.

Akşama size sürprizim var. Bunu şampanya ve pasta ile kutlayacağız." İkisi gülümsedi. Ruso ondan gözünü kaçırarak elindeki bıçağının hareketlerini takip ediyor etleri küçük,küçük doğruyordu ve sürprizin ne olabileceğini düşünüyordu. Mişka her zaman temiz ve şık giyinmeyi severdi. O gün sanki daha da ayrıcalıklı davranmıştı. Üzerinde lacivert parlak takım, beyaz gömlek ve kırmızı kravat vardı ve yeni tıraş olmuş, her zamanki kokusundan sürünmüştü. Geçtiği yerde iz bırakıyordu. O gün neşeli idi, kendini güldürecek, takılacak yer arıyordu.

"Ee Ruso, sen hiç sokağa çıkmaz mısın? Eğlenmez misin?"

"Pek sayılmaz."

"Ya... Sevgilinle burada mı buluşuyorsun?"

Ruso sustu. Bir yanlışlık olduğunu sezdi ama sustu. Kız kafasını kaldırmıyordu, ama adamın ona baktığını hissettiği için kızarmıştı. "Temo buraya mı geliyor?" diye sordu adam ısrarla. Bu Ruso'nun hiç hoşuna gitmese de evet demek zorunda kaldı. "Demek aşk yuvanız burası ha."

Ruso sinirden ve utançtan kıpkırmızı kesilmişti. Ellerini yıkama bahanesi ile adama sırtını dönerek lavaboya doğru yürüdü. Öfkeden soluğu kesiliyor, boğuluyordu. Makvala her zaman yaptığı domuzluğu gene yapmış, Ruso her zamanki gibi yaş tahtaya basmıştı. Peki, şimdi ne olacaktı?

Mişka Temo'yu onun sevgilisi sanıyordu. Demek Makvala bu adamdan çok korkuyordu ki gerçekleri ondan gizliyordu. Bu hiç hayra alamet değildi. Mişka Ruso'ya yaklaşıp koluna dokundu. Kız sıçradı. Mişka onun yüzündeki derin korkuyu gördü. Bir anlam yüklemek istedi, ama işin içinden çıkamayınca, çareyi soru sormakta buldu:

"Ayrıldınız mı yoksa?" Ruso sussa mı konuşsa mı bilemedi. Derken kapı çaldı. Kız hızlı adımlarla kapıya doğru yöneldi. Bu çıkmaz durumdan sıyrıldığı için yüzü gülüyordu.

Makvala o an yaz mevsiminde idi. Mişka'nın evde oluşunu kapının önünde gördüğü arabadan anlamış olmalı idi ki ilk işi gülümseyerek onun nerede olduğunu sormak oldu. Ruso mutfağı işaret etti. Makvala elindekilerden kurtulup mutfağa doğru yürüdü. Mişka'yı yanağından öptü.

"Sana ve arkadaşına sürprizim var, yemekte açıklayacağım," dedi ve kızın yanağından bir makas aldı. Ruso mutfağa girdi ve gerginliği gizlemek için epey çaba harcayarak sofrayı kurmayı başladı. Mişka masaya bir şişe şampanya oturttu. Çikolatalı pasta için masanın ortasında yer açtı. Kızlar bakıştı.

"Sıkılmıyor musunuz kızlar evde? Çalışmak istemez misiniz?"

Makvala sırtını sandalyeye yasladı. Adamın dik dik yüzüne baktı, onun ağzından çıkacak kelimeleri sabırla bekledi. Adam cebinden anahtarları çıkardı. Burnunun üstünde salladı. Sonra anahtarlarını Makvala'nın avucuna bıraktı.

Makvala'nın gözleri sevinç pırıltısıyla doldu. Oturduğu yerde sıçradı. Az sonra dudakları Mişka'nın dudaklarına dokundu. Ruso sert bir tokat yemiş gibi kızardı. Ne oturabiliyor ne de kalkabiliyordu. Bir an gördüklerinin yanlış olduğunu düşündü. Makvala içkiyi fazla kaçırmış olmalıydı.

"Ee Ruso sen sevinmedin mi?"

"Sevindim, sevinmez olur muyum, sadece gidip yatacağım başım ağrıyor."

Ruso"nun gözlerini kapayıp uyumaya çalışsa da bunu yapmakta zorlanıyordu. Delikanlı sandığı o Mişka gördüklerinden sonra, onun için kan emici bir canavardı artık. Genç kızların avcısı, aşağılık bir pislikti. Şu an onu gebertmek, en büyük arzusuydu. Yattığı yerden fırladı. Karanlık odanın içinde boş birkaç adım attı. Kız hiçbir yere sığamaz olmuştu.

Bırak bu oda, dünya ona dardı artık. Boğuluyordu. Yatağına oturmaya, sakin olmaya çalıştıysa da yapamadı. Az aralıklı kalmış kapıya yaklaştı. Orada kimseler yoktu ama şakalaşma sesleri duyuluyordu. Sonra Mişka'nın sandalyeye yaslanmış çıplak sırtını gördü. Başını öne eğmişti. Gözleri kapanmıştı.

Az sonra Makvala'yı gördü. O da çıplaktı. Kollarını adamın boynuna dolamıştı. Az sonra adamın kucağına oturdu, önce yavaş sonra hızlıca hareket etmeye başladı. Kız kapıyı zorlayıp, karanlık odada kulakları sağır eden bir çığlık attı. Yaslandığı kitaplık gürültü ile devrildi. Kitaplar her yere saçıldı.

Ruso nefes alıyordu artık. Yerde iki büküm oturmuş ağlıyordu. Biri omzuna dokundu. Makvala başını okşuyor, ne olduğunu soruyordu. "Orada çıplak bir adam var!"

"Yok!"

"Oradaydı, gördüm!"

"Ama artık yok, öldü!"

Ruso'nun gözleri korkuyla büyüdü.

"Öldü mü?"

Makvala Ruso'nun başını göğsüne bastırdı. "Bir gün muhakkak ölecekti değil mi!"

Ruso'nun elinde kanlı bıçak vardı. Gördüklerinin dehşetiyle öyle sarsılmıştı ki, hayalle gerçeği ayırt edemiyordu artık. Oysa az önce evde bir başkasının sesini duymuş, fakat kim olduğunu anlayamamıştı. Dizlerinin üzerine çöktü, bıçağı fırlattı. Mişka'nın kanlı bedenini yumruklamaya başladı.

Adamın gözleri hâlâ açıktı. Korkuyla adamın kanlı bedenine bakıyor, "Ben kraliçeyim," diye sayıklıyordu. Ruso o an kraliçenin çaresizliğine inanmak zorunda kaldı. Gözlerini sıkı,sıkı yumdu ve "Anne," dedi. Saçını başını yoluyordu. Polis geldiğinde çoktan aklı yerinden uçmuştu bile. "Onu sen mi öldürdün?" diye sordu. Ruso kafasını hayır der gibi iki yana salladı. Ruso derdini nereden anlatmaya başlayacağını düşünürken, evde dört polisin olduğunu anladı. İkisi Ruso'nun, biri cesedin başındaydı. Kim bilir belki onun için üzülüyordu.

Belki de hak ettiğini düşünüyordu. Uzun olan polisse evin içinde dolanıyordu. Uzun boylu polis Ruso'ya yaklaştı. Kızın gözlerinin içine baktı.

"Sen mi öldürdün?"

"Hayır."

"Bıçak senin elindeymiş..."

"Evet."

"Evet mi? Hayır mı?"

"Hayır!"

Polis Ruso'nun koluna tırnaklarını geçirdi. Onu kuvvetle sarsıyordu. Kız adamın dudaklarını oynatışını izliyor, ne söylediğini duymuyor, kestiremiyordu. Onun için her şey sessiz ve siyah beyaz olmuştu. "Ben bir kraliçeyim," diye sayıklıyordu sadece. Polis memuru onu zorla araca bindirdi. "Gir şuraya!" diye bağırıyordu. "Hah şöyle!" dedi adam. "Suç işlerken herkes aklını kullanıyor, sonra da yitiriyor değil mi!"

Araç hareket ederken Ruso dünyanın çalkalandığından habersizdi, ama ne yazık ki buna da inanmıştı. Makvala ise çoktan ortalıktan yok olmuştu. Ruso bir ateşe düştüğünü hissediyordu. Polis arabasının camına yapışmış renkli bir şeyler görmeyi arzuluyordu ama tek gördüğü hiçlikti. Kız ellerini acıtan kelepçelere baktı. Annesini reddettiği günden beri kötü biri olduğunu düşünüyordu. Tanrı'nın kendisini cezalandırdığını biliyordu ama bu kadarını tahmin edememişti. Sorgu odası soğuk ve griydi. Başında dikilen sivil polisin dişleri sigaradan sararmıştı. Kıza onu nasıl öldürdüğünü soruyor, Ruso ise susmaktan başka bir şey yapamıyordu.

***

Ruso cinayet suçundan on iki seneye mahkum edildi. Ben onu sadece dört ay tanımıştım. Sevmiştim, çok sevmiştim, ama sevmek bazen hiçbir işe yaramıyor. Eğer hapishanede ve yaşlıysan ölüsün demektir. Hapishane cehennemin görünen yüzüdür. Ruso burada gözümün önünde cehennemi yaşadı.

Onu dövdüklerinde içim paramparça oluyordu. Onun halini görüp, başından geçenleri dinleyince hayata olan inancım bir kez daha sarsıldı. Istırabı uzun sürmedi, sadece dört ay. Son nefesini benim kollarında verdi. Ben ona inanmıştım. O katil değildi. İnandığım bir şey daha vardı: Hayattayken bir cehennemi yaşayan için ölüm cennete ulaşmak demekti. Onun cennette olduğuna inandım.

Bir gün gazetede okuduğum bir haberle içime sular serpildi. Mişka'nın katilinin Ruso olmadığı ortaya çıkmıştı. Karısının erkek kardeşi, onun karısını aldattığını ve yaptığı her şeyi öğrenmiş, gözü dönmüş bir şekilde kardeşinin intikamını almak istemişti. Her şey ortaya çıkmış olsa da artık zavallı Ruso için yapılacak hiçbir şey kalmamıştı.

Son

www.ingramcontent.com/pod-product-compliance
Lightning Source LLC
LaVergne TN
LVHW091047100526
838202LV00077B/3070